赤い鳥

5年生

赤い鳥の会：編

小峰書店

はじめに

「赤い鳥」は、有名な小説家鈴木三重吉《すずきみえきち》が、大正七年（一九一八）に始めた童話と詩の雑誌です。児童の綴方《つづりかた》（作文）や自由画、絵ばなしも募集《ぼしゅう》、指導《しどう》して、りっぱなものに仕上げました。

十八年もつづいた、この「赤い鳥」には、そのころの一流の作家や詩人が、わたしたちが生きていくために大切な心の道しるべとなる作品を、心をこめて書きました。第一流の文学者が、こぞって参加執筆《さんかしっぴつ》した、日本児童文学史に残る子どものための雑誌です。

わたしたち「赤い鳥」に関係《かんけい》の深かったものが、「赤い鳥」百九十六冊《さつ》の中から、傑作《けっさく》ばかりを選んで、六冊の本をつくりました。これはその一冊です。わたしたちは、親が一生をかけて磨《みが》いた玉を、蔵《くら》を開いて、今みなさんにお目にかけるような気持です。

赤い鳥の会

もくじ

唐仁原教久　装画

井口文秀　木の下の宝

小沢良吉　むじなの手／休み日の算用数字／水面亭の仙人

深澤紅子　ふえ／祖母／老博士

深澤省三　一ふさのぶどう／魔術／海からきた卵

渡辺三郎　あめチョコの天使／清造と沼／手品師

早川良雄　海のむこう／月の中／遠い景色

さざんかのかげ／ある日／こぶし

杉浦範茂　ブックデザイン

赤い鳥

5年生

海のむこう

北原白秋《きたはらはくしゅう》

さんごじゅの花が咲《さ》いたら、
咲《さ》いたらといつか思った
さんごじゅの花が咲《さ》いたよ。

あの島へこいで行けたら、
行けたらといつか思った
その島にきょうはきてるよ。

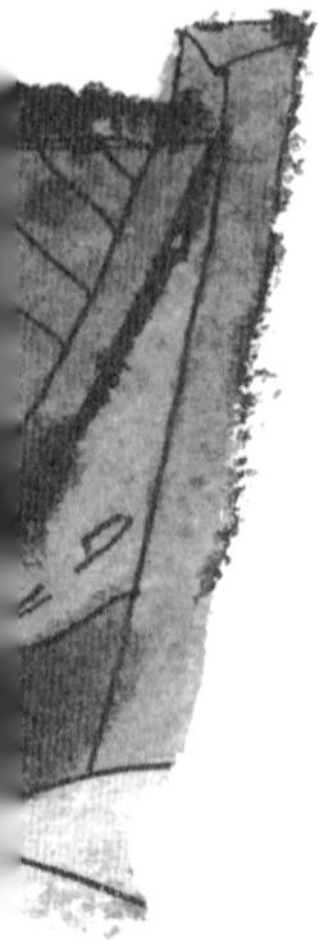

あの白帆《しらほ》どこへゆくだろ
あの小鳥どこへゆくだろ、
あの空はどこになるだろ。

行きたいな、あんな遠くへ、
あの海の空のむこうへ、
こんどこそ遠く行こうよ。

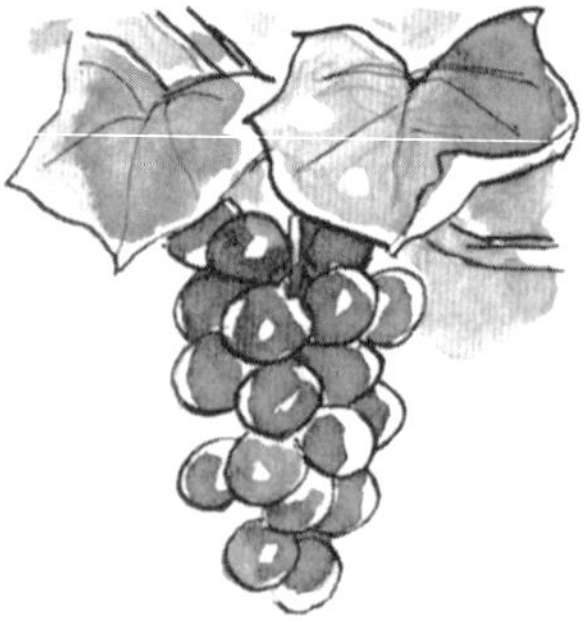

一《ひと》ふさのぶどう

有島武郎《ありしまたけお》

一

ぼくは小さいときに絵をかくことがすきでした。ぼくの通っていた学校は横浜《よこはま》の山の手というところにありましたが、そこいらは西洋人ばかり住んでいる町で、ぼくの学校も教師《きょうし》は西洋人ばかりでした。そしてその学校のいきかえりにはいつでもホテルや西洋人の会社などがならんでいる海岸の通りを通るのでした。通りの海ぞいに立ってみると、まっ青な海の上に軍艦《ぐんかん》だの商船《しょうせん》だのがいっぱいならんでいて、えんとつから煙《けむり》のでているのや、ほばしらからほばしらへ万国旗《ばんこっき》をかけわたしたのやがあって、目がいたいようにきれいでした。ぼくはよく岸に立ってその景色《けしき》を見わたして、家に帰ると、おぼえているだけをできるだけ美しく絵にかいてみようとしました。けれどもあのすきとおるような海のあい色と、白い帆前船《ほまえせん》などの水ぎわ近くにぬってある洋紅色《ようこうしょく》とは、ぼくの持っている絵の具ではどうしてもうまくだせませんでした。いくらかいてもかいてもほんとうの景色で見るような色にはかけませんでした。

ふとぼくは学校の友だちの持っている西洋絵の具を思い出しました。その友だちはやはり西洋人で、しかもぼくより二つくらい年が上でしたから、身長《せい》は見あげるように大きい子でした。ジムというその子の持っている絵の具は舶来《はくらい》の上等《じょうとう》のもので、軽い木の箱《はこ》の中に、十二種《いろ》の絵の具が小さい墨《すみ》のように四角な形にかためられて、二列にならんでいました。どの色も美しかったが、とりわけてあいと洋紅《ようこう》とはびっくりするほど美しいものでした。ジムはぼくより身長《せい》が高いくせに、絵はずっとへたでした。それでもその絵の具をぬると、へたな絵さえがなんだか見ちがえるように美しく見えるのです。ぼくはいつでもそれをうらやましいと思っていました。あんな絵の具さえあればぼくだって海の景色をほんとうに海に見えるようにかいてみせるのになあと、自分のわるい絵の具をうらみながら考えました。そうしたら、その日からジムの絵の具がほしくってほしくってたまらなくなりました。けれどもぼくはなんだかおくびょうになってパパにもママにも買ってくださいと願う気になれないので、毎日毎日その絵の具のことを心の中で思いつづけるばかりでいく日か日がたちました。

いまではいつのころだったかおぼえてはいませんが秋だったのでしょう。ぶどうの実がじゅくしていたのですから。天気は冬が来るまえの秋によくあるように空のおくのおくまで見すかされそうに晴れわたった日でした。ぼくたちは先生といっしょに弁当《べんとう》を食べましたが、その楽しみな弁当のさいちゅうでもぼくの心はなんだかおちつかないで、その日の空とはうらはらに暗かったのです。ぼくは自分一人で考えこんでいました。だれかが気がついてみたら、顔もきっと青かったかもしれません。ぼくはジムの絵の具がほしくってほしくってたまらなくなってしまったのです。むねがいたむほどほしくなってしまったのです。ジムはぼくのむねの中で考えていることを知っているにちがいないと思って、そっとその顔を見ると、ジムはなんにも知らないように、おもしろそうにわらったりして、わきにすわっている生徒と話をしているのです。でもそのわらっているのがぼくのことを知っていてわらっているようにも思えるし、なにか話をしているのが、「いまにみろ、あの日本人がぼくの絵の具を取るにちがいないから。」といっているようにも思えるのです。ぼくはいやな気持になりました。けれどもジムがぼくをうたがっているように見えれば見えるほど、ぼくはその絵の具がほしくてならなくなるのです。

二

ぼくはかわいい顔はしていたかもしれないが体も心も弱い子でした。そのうえおくびょう者で、いいたいこともいわずにすますようなたちでした。だからあんまり人からは、かわいがられなかったし、友だちもないほうでした。昼ご飯《はん》がすむとほかの子どもたちは活発に運動場にでて走りまわって遊びはじめましたが、ぼくだけはなおさらその日はへんに心がしずんで、一人だけ教場にはいっていました。そとが明るいだけに教場の中は暗くなってぼくの心の中のようでした。自分の席にすわっていながらぼくの目はときどきジムのテーブルのほうに走りました。ナイフでいろいろないたずら書きがほりつけてあって、手あかでまっ黒になっているあのふたをあげると、その中に本や雑記帳や石板《せきばん》といっしょになって、あめのような木の色の絵《え》の具箱《ぐばこ》があるんだ。そしてその箱《はこ》の中には小さい墨《すみ》のような形をしたあいや洋紅《ようこう》の絵の具が……

ぼくは顔が赤くなったような気がして、思わずそっぽをむいてしまうのです。けれどもすぐまた横目《よこめ》でジムのテーブルのほうを見ないではいられませんでした。むねのところがどきどきとして苦しいほどでした。じっとすわっていながら夢《ゆめ》で鬼《おに》にでも追いかけられたときのように気ばかりせかせかしていました。

教場にはいるかねがかんかんとなりました。ぼくは思わずぎょっとして立ちあがりました。生徒たちが大きな声でわらったりどなったりしながら、洗面所のほうに手をあらいにでかけてゆくのが窓《まど》から見えました。ぼくはきゅうに頭の中が氷のように冷たくなるのをきみわるく思いながら、ふらふらとジムのテーブルのところにいって、半分夢のようにそこのふたをあげて見ました。そこにはぼくが考えていたとおり雑記帳や鉛筆箱《えんぴつばこ》とまじって見おぼえのある絵《え》の具《ぐ》箱《ばこ》がしまってありました。なんのためだか知らないがぼくはあっちこちを見まわしてから、だれも見ていないなと思うと、手ばやくその箱のふたを開けてあいと洋紅《ようこう》との二色《ふたいろ》を取りあげるがはやいかポッケットの中におしこみました。そしていそいでいつも整列して先生を待っているところに走ってゆきました。

ぼくたちは若《わか》い女の先生につれられて教場にはいりめいめいの席にすわりました。ぼくはジムがどんな顔をしているのか見たくってたまらなかったけれども、どうしてもそっちのほうをふりむくことができませんでした。でもぼくのしたことをだれも気のついたようすがないので、きみがわるいような、安心したような心持ちでいました。ぼくのだいすきな若《わか》い女の先生のおっしゃることなんかは耳にはいりはいってもなんのことだかちっともわかりませんでした。先生もときどきふしぎそうにぼくのほうを見ているようでした。

ぼくはしかし先生の目を見るのがその日にかぎってなんだかいやでした。そんなふうで一時間がたちました。なんだかみんな耳こすりでもしているようだと思いながら一時間がたちました。

教場をでるかねがなったのでぼくはほっと安心してため息をつきました。けれども先生がいってしまうと、ぼくはぼくの級《きゅう》でいちばん大きな、そしてよくできる生徒に「ちょっとこっちにおいで」とひじのところをつかまれていました。ぼくのむねは宿題をなまけたのに先生に名をさされたときのように、思わずどきんとふるえはじめました。けれどもぼくはできるだけ知らないふりをしていなければならないと思って、わざと平気な顔をしたつもりで、しかたなしに運動場のすみにつれてゆかれました。

「きみはジムの絵《え》の具《ぐ》を持っているだろう。ここにだしたまえ。」

そういってその生徒はぼくのまえに大きくひろげた手をつきだしました。そういわれるとぼくはかえって心がおちついて、

「そんなもの、ぼく持ってやしない。」と、ついでたらめをいってしまいました。そうすると三、四人の友だちといっしょにぼくのそばに来ていたジムが、

「ぼくは昼休みのまえにちゃんと絵《え》の具箱《ぐばこ》を調べておいたんだよ。一つもなくなってはいなかったんだよ。そして昼休みがすんだら二つなくなっていたんだよ。そして休みの時間に教場にいたのはきみだけじゃないか。」とすこしことばをふるわしながらいいかえしました。

ぼくはもうだめだと思うときゅうに頭の中に血が流れこんできて顔がまっ赤になったようでした。するとだれだったかそこに立っていた一人がいきなりぼくのポッケットに手をさしこもうとしました。ぼくは一生懸命《いっしょうけんめい》にそうはさせまいとしましたけれども、多勢《たぜい》に無勢《ぶぜい》でとてもかないません。ぼくのポッケットの中からは、みるみるマーブル球《きゅう》（いまのビー球のことです）や鉛《なまり》のメンコなどといっしょに二つの絵の具のかたまりがつかみだされてしまいました。「それみろ」といわんばかりの顔をして子どもたちはにくらしそうにぼくの顔をにらみつけました。ぼくの体はひとりでにぶるぶるふるえて、目のまえがまっくらになるようでした。いいお天気

なのに、みんな休み時間をおもしろそうに遊びまわっているのに、ぼくだけはほんとうに心からしおれてしまいました。あんなことをなぜしてしまったんだろう。取りかえしのつかないことになってしまった。もうぼくはだめだ。そんなに思うと弱虫だったぼくはさびしくかなしくなってきて、しくしくと泣《な》きだしてしまいました。

「泣いておどかしたってだめだよ。」とよくできる大きな子がばかにするようなにくみきったような声でいって、動くまいとするぼくをみんなでよってたかって二階にひっぱってゆこうとしました。ぼくはできるだけゆくまいとしたけれどもとうとう力まかせにひきずられてはしごだんをのぼらせられてしまいました。そこにぼくのすきな受け持ちの先生の部屋があるのです。

やがてその部屋の戸をジムがノックしました。ノックするとはは いってもいいかと戸をたたくことなのです。中からはやさしく「おはいり」という先生の声が聞こえました。ぼくはその部屋にはいるときほどいやだと思ったことはまたとありません。

なにか書きものをしていた先生はどやどやとはいってきたぼくたちを見ると、すこしおどろいたようでした。が、女のくせに男のように首のところでぶつりと切ったかみの毛を右の手でなであげながら、いつものとおりのやさしい顔をこちらにむけて、ちょっと首をかしげただけでなんのご用というふうをしなさいました。そうするとよくできる大きな子がまえにでて、ぼくがジムの絵の具をとったことをくわしく先生にいいつけました。先生はすこしくもった顔つきをしてまじめにみんなの顔や、半分泣《な》きかかっているぼくの顔を見くらべていなさいましたが、ぼくに「それはほんとうですか。」と聞かれました。ほんとうなんだけれども、ぼくがそんないやなやつだということをどうしてもぼくのすきな先生に知られるのがつらかったのです。だからぼくは答えるかわりにほんとうに泣きだしてしまいました。

先生はしばらくぼくを見つめていましたが、やがて生徒たちにむかってしずかに「もういってもようございます。」といって、みんなをかえしてしまわれました。生徒たちはすこしものたらなさそうにどやどやと下におりていってしまいました。

先生はすこしのあいだなんともいわずに、ぼくのほうもむかずに自分の手のつめを見つめていましたが、やがてしずかに立ってきて、ぼくのかたのところをだきすくめるようにして「絵の具はもうかえしましたか。」と小さな声でおっしゃいました。ぼくはかえしたことをしっかり先生に知ってもらいたいのでふかぶかとうなずいてみせました。

「あなたは自分のしたことをいやなことだったと思っていますか。」

もう一度そう先生がしずかにおっしゃったときには、ぼくはもうたまりませんでした。ぶるぶるとふるえてしかたがないくちびるを、かみしめてもかみしめても泣《な》き声がでて、目からは涙《なみだ》がむやみに流れてくるのです。もう先生にだかれたまま死んでしまいたいような心持ちになってしまいました。

「あなたはもう泣くんじゃない。よくわかったらそれでいいから泣くのをやめましょう、ね。つぎの時間には教場にでないでもよろしいから、わたくしのこのお部屋にいらっしゃい。しずかにしてここにいらっしゃい。わたくしが教場からかえるまでここにいらっしゃいよ。いい。」とおっしゃりながらぼくを長いすにすわらせて、そのときまた勉強のかねがなったので、つくえの上の書物を取りあげて、ぼくのほうを見ていられましたが、二階の窓《まど》まで高くはいあがったぶどうづるから、一ふさの西洋ぶどうをもぎって、しくしく泣きつづけていたぼくのひざの上にそれをおいてしずかに部屋をでてゆきなさいました。

三

いちじがやがやとやかましかった生徒たちはみんな教場にはいって、きゅうにしんとするほどあたりがしずかになりました。ぼくはさびしくってさびしくってしょうがないほどかなしくなりました。あのくらいすきな先生を苦しめたかと思うとぼくはほんとうにわるいことをしてしまったと思いました。ぶどうなどはとても食べる気になれないでいつまでも泣《な》いていました。

ふとぼくはかたを軽くゆすぶられて目をさましました。ぼくは先生の部屋でいつのまにか泣《な》き寝《ね》入りをしていたとみえます。すこしやせて身長《せい》の高い先生は笑顔《えがお》を見せてぼくを見おろしていられました。ぼくはねむったために気分がよくなっていままであったことはわすれてしまって、すこしはずかしそうにわらいかえしながら、あわててひざの上からすべり落ちそうになっていたぶどうのふさをつまみあげましたが、すぐかなしいことを思い出してわらいもなにもひっこんでしまいました。

「そんなにかなしい顔をしないでもよろしい。もうみんなはかえってしまいましたから、あなたはおかえりなさい。そしてあすはどんなことがあっても学校にこなければいけませんよ。あなたの顔を見ないとわたくしはかなしく思いますよ。きっとですよ。」

そういって先生はぼくのカバンの中にそっとぶどうのふさをいれてくださいました。ぼくはいつものように海岸通りを、海をながめたり船をながめたりしながらつまらなく家にかえりました。そしてぶどうをおいしく食べてしまいました。

けれどもつぎの日がくるとぼくはなかなか学校にゆく気にはなれませんでした。おなかがいたくなればいいと思ったり、頭痛《ずつう》がすればいいと思ったりしたけれども、その日にかぎって虫歯一本いたみもしないのです。しかたなしにいやいやながら家はでましたが、ぶらぶらと考えながら歩きました。どうしても学校の門をはいることはできないように思われたのです。けれども先生の別れのときのことばを思い出すと、ぼくは先生の顔だけはなんといっても見たくてしかたがありませんでした。ぼくがゆかなかったら先生はきっとかなしく思われるにちがいない。もう一度先生のやさしい目で見られたい。ただその一事があるばかりでぼくは学校の門をくぐりました。

そうしたらどうでしょう、まず第一に待ちきっていたようにジムがとんできて、ぼくの手をにぎってくれました。そしてきのうのことなんかわすれてしまったように、親切にぼくの手をひいてどぎまぎしているぼくを先生の部屋につれてゆくのです。ぼくはなんだかわけがわかりませんでした。学校にいったらみんなが遠くのほうからぼくを見て「見ろ、どろぼうのうそつきの日本人がきた」とでもわる口をいうだろうと思っていたのにこんなふうにされると気味《きみ》がわるいほどでした。

二人の足音を聞きつけてか、先生はジムがノックしないまえに、戸を開けてくださいました。二人は部屋の中にはいりました。

「ジム、あなたはいい子、よくわたくしのいったことがわかってくれましたね。ジムはもうあなたからあやまってもらわなくてもいいといっています。二人はいまからいいお友だちになればそれでいいんです。」と先生はにこにこしながらぼくたちをむかいあわせました。二人ともじょうずにあくしゅをなさい。」と先生はにこにこしながらぼく

ジムはいそいそとぶらさげているぼくの手をひっぱりだしてかたくにぎってくれました。ぼくはもうなんといってこのうれしさをあらわせばいいのかわからないで、ただはずかしくわらうほかありませんでした。ジムも気持よさそうに、笑顔《えがお》をしていました。先生はにこにこしながらぼくに、

「きのうのぶどうはおいしかったの。」と問《と》われました。ぼくは顔をまっ赤にして「ええ」とはくじょうするよりしかたがありませんでした。

「そんならまたあげましょうね。」

そういって、先生はまっ白なリンネルの着物につつまれた体を窓《まど》からのびださせて、ぶどうの一ふさをもぎとって、まっ白い左の手の上に粉のふいたむらさき色のふさを乗せて、細長い銀色のはさみでまんなかからぷつりと二つに切って、ジムとぼくにくださいました。まっ白い手のひらにむらさき色のぶどうのつぶがかさなって乗っていたその美しさをぼくはいまでもはっきりと思い出すことができます。

ぼくはそのときからまえよりすこしいい子になり、すこしはにかみやでなくなったようです。

それにしてもぼくのだいすきなあの先生はどこにゆかれたでしょう。もう二度とはあえないと知りながら、ぼくはいまでもあの先生がいたらなあと思います。秋になるといつでもぶどうのふさはむらさき色に色づいて美しく粉をふきますけれども、それをうけた大理石のような白い美しい手はどこにも見つかりません。

（おわり）

木の下の宝《たから》

坪《つぼ》田《た》譲《じょう》治《じ》

一

おじいさんはたばこがすきで、いつもよく日のあたるえんがわで、ながながとたばこをふかしておりました。えんがわのまえには一本の年とったかしの木があって、おじいさんのたばこの煙《けむり》を見ていました。いいえ、おじいさんのほうでそのかしの木を気長にながめていたのです。でも、おじいさんはたばこの煙がたばこ盆《ぼん》からスウと、高くのぼっているそばで、よくコクリコクリといねむりをしていましたので、やはりかしの木のほうでおじいさんを見ていたのでありましょう。

さてある日のことです。おじいさんはそうしていねむりをしていて、ふしぎな夢《ゆめ》を見たのです。どこから来たのか、一人の子どもがやってきて、そのかしの木の下の土をしきりにほりかえしておりました。どうするのかと見ていると、子どもはそこに大きな一つの穴《あな》をほりました。穴ができると、どこから持ってきたのか、いろいろなものを、子どもはその穴の中にかくしました。そして穴の上には一枚《まい》の板をふたにして、それに土をかぶせてしまいました。土をかぶせると、ふところから小刀《こがたな》をだして、木の幹《みき》になにかほりつけにかかりました。

「この木の下に宝《たから》あり。」

ひさしくかかって、子どもはその幹にこんな字をほりつけたのであります。これを見ると、おじいさんはふしぎでなりません。夢の中でもはずれそうなめがねをかけなおして、この木の下に宝あり、と読みなおしました。

それから、フーンと、首をかたむけて考えこみました。ところが、ふしぎがってあまり首をかたむけたものですから、そのひょうしにハッと目があいてしまいました。が、目がさめてみれば、かしの木にはなんのかわりもありません。でも、おじいさんはどうもふしぎでなりませんので、この木の下に宝あり。と、しきりにくりかえしておりました。

二

ところが、そのつぎの日のことであります。おじいさんがこのえんがわでたばこをすっておりますと、コクリコクリといつのまにかまたいねむりがはじまりました。いねむりがはじまりますときのうの夢《ゆめ》のつづきがでてきました。子どもがその木の下から、木の下の土の穴《あな》から、板をおしあけてでてきたのでありました。

子どもは手に一つの金輪《かなわ》とそのおし棒《ぼう》とをさげていました。それから、すぐそのおし棒を金輪にあてて、ソロソロとまわしはじめました。すると、金輪についている小さな鳴《な》り輪《わ》がチャラチャラとなりだしました。

この鳴り輪の音を聞くと、子どもはにわかにゆかいになったのでしょうか、トットと走りだしました。おじいさんもその鳴り輪の音でいっそう気持よくなって、コクリコクリといねむりをつづけました。子どもはおじいさんの眠《ねむ》っているのをいいことにして、木のまわりをチャラチャラチャラチャラ、いやクルクルクルクルと、なんどもなんどもまわりました。それでもおりおりちょっとおじいさんのほうへ首をむけて、おじいさんの眠《ねむ》っているのを見ては、またトットと木のまわりを走りました。

あまり子どもがゆかいそうなので、おじいさんもつい、にっこりしてしまいました。そしてなんだか子どもにものをいってやりたくなりました。ところが、ものをいおうとしたひょうしに、どうしたのでしょう、もう目がさめておりました。鳴《な》り輪《わ》の音がどこか遠くでしているように思われるのでしたけれども、もう子どもの影《かげ》も形も見えません。で、まずおじいさんはたばこを一服《いっぷく》やりました。

さて、そのつぎの日、おじいさんはえんがわの日なたでたばこをふかして、またコクリコクリとやっていました。すると、おなじような子どもがおなじように木の下の土の中からでてきました。きょうは子どもは竹トンボを持っていました。木の下から、晴れてまっ青な空にむけて、それをすりあげて遊んでいました。

竹トンボはまるで花火のように、シューと空にむかってのぼっていきました。のぼったと思うと、クルクルと舞《ま》って落ちてきました。落ちてくると、子どもはそこにかけていって、すぐまた空にすりあげました。

27　木の下の宝

空にはそのとき一羽《わ》の大きな白い鳥が両方につばさをひろげて飛んでいました。ずいぶん高いところを飛んでいるのに、その白い羽根《はね》の一本一本が、はっきり見えるように思われました。子どもはその鳥のところまで竹トンボをすりあげようというのでしょうか、一生懸命《いっしょうけんめい》にあげあげしました。

そのうち、子どもは落ちてきた竹トンボを見失ってウロウロと木のまわりをさがしはじめました。足もとに落ちているのに、どうしてそれがわからないのでしょう。いまにも足でふみそうなんです。そこでおじいさんはじれったくなって、

「そこそこ、そこだよ。」といおうとすると、おや、もう目がさめておりました。子どももなんかどこにもいません。おじいさんはふしぎそうに目をパチクリやって、やれやれと、まず一服《ぷく》すいつけました。

つぎの日、おじいさんはまた夢《ゆめ》を見ました。おなじ子どもがおなじようにでてきたのですが、こんどは子どもはぼうしをかぶっておりました。それがビロードでできた鳥うちぼうしというのです。両方の耳のところに、耳をかくせるようにたれるものがついていました。それを上にかえして、頭の上でむすんでいました。いまごろは見ることもできない古いぼうしでありまし

た。しかも子どもは手に小さい弓《ゆみ》と矢《や》を持っていました。両方とも自分で作ったぶさいくなもので、矢のさきには、くぎがさしこんでありました。

子どもはそれを持って木の下に立ち、かなたへむけて弓をひきしぼり、じっとねらいをさだめておりました。

その子どもの矢のむいているところには、ふしぎや、古ぼけた一つの土蔵《どぞう》があって、その土蔵の石がきのまえに一ぴきのいたちがいました。いたちはいまにげようかにげようかと、すきをねらって子どものほうを見て、キョトキョトしておりました。そこへヒュッと子どもの矢が飛んでゆきました。けれども、そのときにはもういたちは石がきのまえをチョロチョロッとむこうへかけこんでしまいました。

かけこんだと思うと、いたちは子どもをばかにしているのでしょうか、またむこうの石がきのはしに、そのキョロキョロした顔をもう一度のぞかせました。子どもはこれを見ると、大まじめで腰《こし》にさしていたもう一本の矢をぬきとり弓につがえてひきしぼりました。子どもはまじめでも、いたちはふまじめです。わらいたそうな顔をして、子どものようすをながめていました。

おじいさんもこれを見ると、なんだかわらいたくなってしまいました。だって、子どものようすがおじいさんの小さいときそっくりだったからであります。それでつい、

「やってるな。」と、こんなことをいってしまいました。すると、そのはずみに目がさめてしまいました。でも、おじいさんはまだニコニコしておりました。

三

つぎの日の夢《ゆめ》では、その子どもはやはり鳥うちぼうしをかぶってでてきましたが、でてきたと思うと、土蔵《どぞう》のかげにかけこんでしまいました。けれども、まもなくそのかげから高い竹馬に乗ってピョコリピョコリとやってきました。と、そのあとから子どもの友だちらしいのが、やはり高い竹馬に乗って、ピョコリピョコリとやってきました。

と、そのあとからも、あとからも、おなじような子どもが十人ぐらいも列をつくって、みなおなじように竹馬に乗って、ピョコリピョコリとやってきました。せんとうの子どもはかしの木のところまでくると、そこをひとまわりして、すぐまた土蔵のかげのほうへひきかえしました。

すると、つづく連中もみなかしの木をひとまわりして、じゅんじゅんに土蔵《どぞう》のかげにはいってゆきました。みんながはいってしまうと、また子どもが先頭ででてきました。みんななにやら話しているらしく、ゆかいそうにニコニコした顔であります。そしてでたりはいったり、何度も何度もしました。これを見て、おじいさんははじめてなにかがわかったらしく、

「うん、そうか。」といいました。が、それで夢《ゆめ》はさめてしまいました。さめてもおじいさんは、

「なるほど、そうだったのか。」と、さも感心したようにいっていました。と、そこへちょうど正太《しょうた》がやってまいりました。

「おじいさん、なにをいってるの。」

正太がおじいさんのひとりごとを聞きとがめました。おじいさんはまたそれをいいことにして話しだしました。

「うん、まあお聞き。な、おじいさんはこのあいだからここにいて夢ばかり見ていたんだ。それがね、その夢にいつも子どもがでてくるんだ。あの木の下からでてきてさ、金輪《かなわ》をまわしたり、竹馬に乗ったり――。」

「ほんとう、おじいさん、ほんとうにでてくるの。」

「いいや、それが夢《ゆめ》なんだ。夢なんだが、ほんとうなんだ。おじいさんの国の家にも、ちょうどあのとおりの古いかしの木があったんだ。その木の下に、おじいさんは小さいころ、大きな穴《あな》をほった。そしてその穴の中にいろいろのものをうずめたんだ。大きくなってほりだそうと思ってね。

ところがそれからもう五十年もときがたった。いままでおじいさんはわすれていたんだよ。いまごろになって、その穴からいろいろのものがでてくるんだ。このえんがわでコクリコクリとやってると。」

「ほんとにでてくるの。」

「ほんとにさ。」

「あの木のところに。」

「うん、そうだよ。」

「それじゃあやってごらん、コクリコクリを。正太《しょうた》が見ているから。」

「いいや、それはおじいさんにだけ見えるんだ。正太になど見えやしないよ。」

「なあんだ。」

つまらなそうに正太《しょうた》がいいました。するとおじいさんがまた話しだしました。

「いいや、それがなかなかおもしろいんだよ。いまこそおじいさんはこんなおじいさんだろう。しかし穴《あな》からでてくるおじいさんはちょうど正太、おまえくらいだよ。それがいろいろなことをして遊んでいるよ。弓《ゆみ》でいたちをうったり、竹トンボを空へあげたり――国へいったら、なんだか、そんなおじいさんが、まだ遊んでいるような気がするよ。」

「うそだ。」

「いや、うそでないよ。考えてごらん。いま、正太はこんな家に住んで、こんな着物を着て、こんなものを持って遊んでいるだろう。」

おじいさんはそういったとき、正太のちょうど持っていた自動車のおもちゃをとりあげて正太に見せました。それからまた話しだしました。

「それがそっくりそのまま、このいまの正太おまえまで戸だなの中にしまっておけて、おまえが大きくなったときとりだしてこられたら、え、どんなにおもしろいことだろう。まあ、いまだってさ。お母さんのちちをのんだころのおまえをいまここにとりだして見れるものだったら、え、おもしろいと思わないか。――なんだい。こんなちっぽけなのか。まだちちをのんでやがらあ、そんなことをいうだろうなあ。」

「フーン。」

はじめてわかったらしく、正太《しょうた》はこういってにっこりしました。

「だからさ、おじいさんはそれをやろうと思って、くにのかしの木の下に、小さいころ、いろいろのものをうずめたんだ。げたやぼうしや小刀《こがたな》やふえや、コマなんかもうずめたよ。それから池からとってきたかになんかまでいれたんだ。それにぎんなんの種、あさがおの種なにからなにまでいれたんだ。」

「いまでも生きてる、そのかに。」

正太が聞きました。

「そりゃ死んでるさ。だけど、おじいさんにはくにへいけば、その穴《あな》からいろいろなものが、いや、小さいころのおじいさんまででてくるように思われる。いいや、あの木のところにはいまでもでてきて遊んでいるように思われる。」

「いってみればいいじゃあないか。」

「ウン、いってみよう。」

「ほんとに。」

「ほんとにさ。おじいさんも、にわかにいきたくなってきた。」

これを聞いて、正太《しょうた》がどんなに喜んだことでしょう。

「ぼくもいっしょにね、いっしょにね。」と、よくおじいさんにたのみました。ところで、おじいさんはくにをでてから四十年にもなりますのに、いままで一度もくにへいったことがありませんでした。

それで、にわかに思いたって、小さいころの自分の家を見るために、それからまた、夢《ゆめ》に見たあのかしの木の根もとをほってみるために、正太をつれて、まもなくくにへとたちました。

四

おじいさんのくにはなん日も汽車に乗ってゆく、遠い遠い野原のかなたのほうにありました。もっとも昔《むかし》は野原であったくにの村も、いまではたいへんにぎやかな町になっていると聞いておりました。

しかし、いよいよ楽しみにしてきたくにの町へついてみますと、もうどこもかしこもかわってしまって、おじいさんの家どころか、村のあったところさえわかりません。そこらいちめんが大きな大きな工場と、たくさんの人や自動車が、道をよこぎるひまもないほど往来《おうらい》している大きな町になってしまっていました。

それでも、せっかく来たのだからと、おじいさんは町の役場にいって、昔《むかし》の家をさがしてもらいました。ところがどうでしょう。あのかしの木のあった家のところには大きな大きな紡績《ぼうせき》の工場ができていました。それは何千人というたくさんの織工《しょっこう》のいる会社で、コンクリートづくりの工場は何町四方《なんちょうしほう》ともいうような大きなものでした。

そのなかではガチャガチャと話し声も聞こえないほど、たくさんの機械《きかい》の音がしておりました。

それに空にそびえて、つきたっている大えんとつからは黒雲のようなおそろしい煙《けむり》がはきだされておりました。このとき、

「おじいさん――」

と、正太《しょうた》が心細そうな顔をしました。すると、おじいさんは、

「いいや、これはところがちがってるんだ。どこかに、きっとあのかしの木はあるにちがいな

いんだ。」

と、いいました。けれども、とうとうわからなくて、二人はまた自分の家にかえってきました。

それからいく年かのちのこと、正太《しょうた》はかしの木の下をほっておりました。正太もそこへいろいろのものをうずめておこうというのであります。が、正太がおじいさんになるころには、この正太の家もどんなところとかわっていることでありましょう。なにぶんおじいさんの小さいころは紡績《ぼうせき》さえもなかったのですが、正太がおじいさんになるころには、飛行機《ひこうき》の工場でもできるでしょうか。けれども、そんなこともなくて、正太がそのうずめたものを、またほりだして、

「なんだ、こんなもので遊んでいたのか。」と自分の小さいころをおもしろがって思い出すことができるようでしたら、正太もどんなにこうふくなことでありましょう。

けれども、世の中というものはかわりやすいものですから、ほんとにどうなるか、それはわかったものではありません。

（おわり）

月の中

――佐藤義美《さとうよしみ》

月の中には
菜《な》の花がいっぱい、
菜の花、
菜の花、

月の中から
風は黄いろい、
菜の花が
とんでくるから、

菜の花、
菜の花、
菜の花はつめたい、
月の中には。

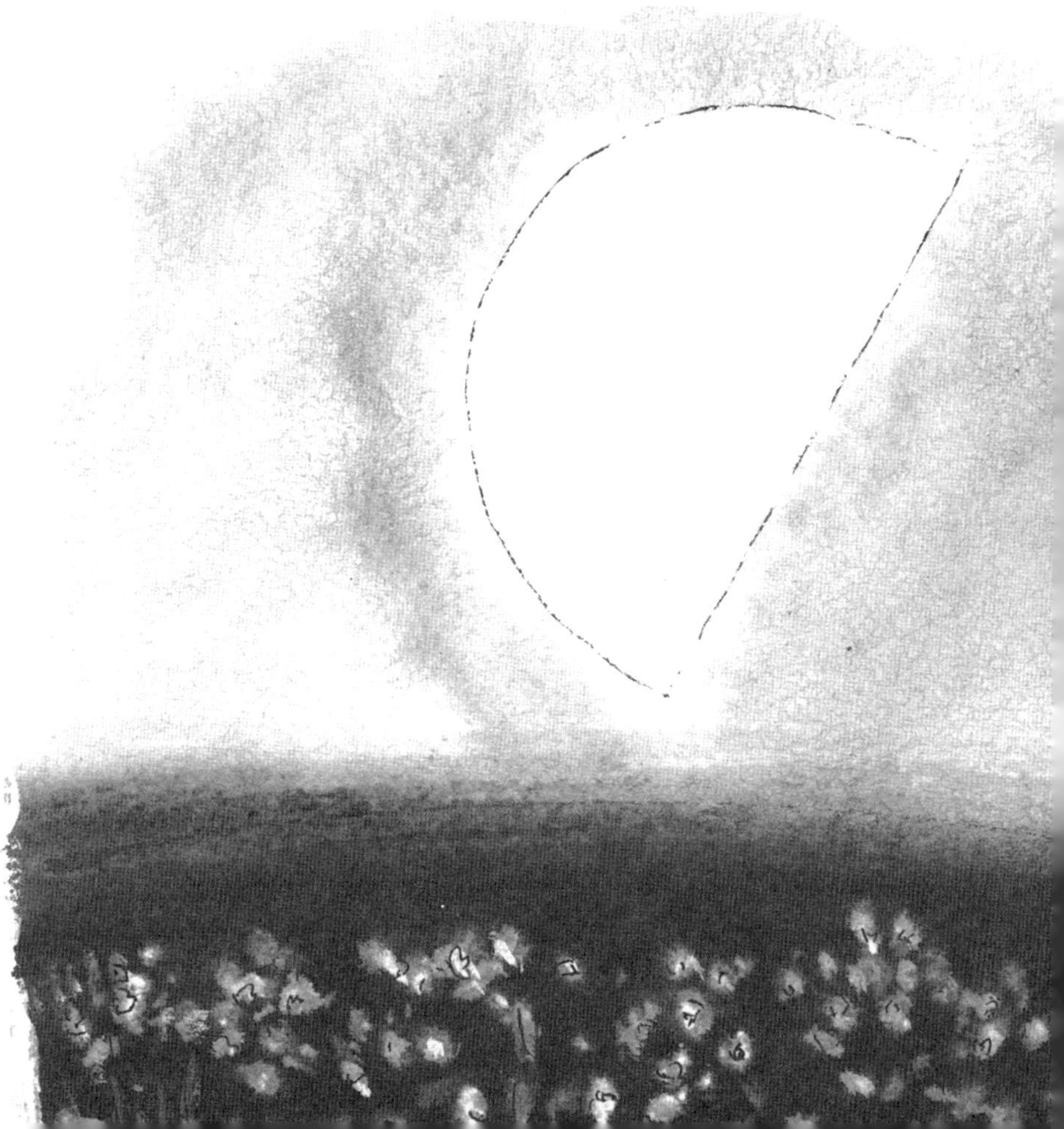

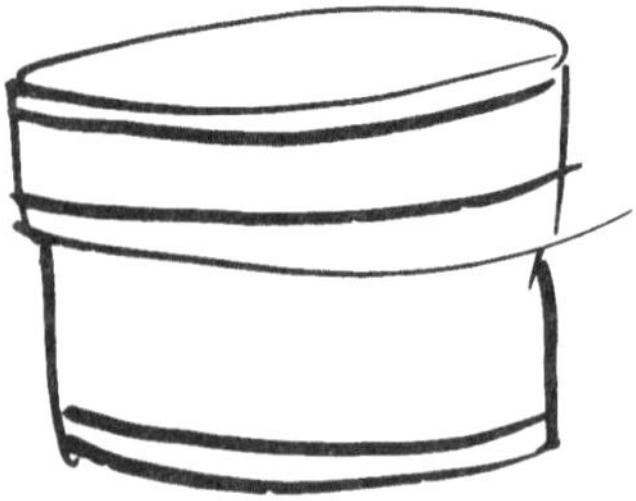

むじなの手

中村星湖《なかむらせいこ》

一

昔《むかし》、猟《りょう》をするのに火縄銃《ひなわづつ》の使われていたころのことです。ある山里の大きな百姓家《ひゃくしょうや》で、たびたびふしぎな紛失物《ふんしつもの》がありました。にておいたいもだの、ほしておいた白がきだのが、いつ、たれが取ったというのでもないのに、どうかなってしまうのでした。

その百姓家のおかみさんは、作男や下女をいく人か使っているので、たぶん、かれらが三度の食事だけではまんぞくができずに、いろいろな物をぬすんで食べるのだろうと思いました。

で、その話を主人にすると、かれも「おおかたそうであろう。」と答えてわらっておりました。

けれども主人の父親である年よりは、そのことをたいへん気にして、ある日、やとい人たちをよび集めてこういいました。

「このごろ、台所やなにかで食べ物がなくなるそうだが、みなも気をつけてくれ。ふしぎだ！どうしてなくなるのだかわからない！　なんてソラゾラしいことはいわないでくれ。食べ物がなくなるのは、それをぬすむものがあるからだ。ふしぎでもなんでもないのだ！　おれは六十余年この世に生きているけれども、まだどうしてもわからなかったというようなふしぎにであったためしはない。うちで、食べ物がなくなるというのは、おまえらがこっそり食べてしまうのか、さもなければ、犬かねこかねずみかにぬすまれるのだ。それよりほかに食べ物のなくなるわけはない、とおれは思っているが、どうだ？　ねずみがひくのならねずみ落としをかけるがよい。ねこや犬のしわざなら、ふだんじゅうぶんに食べ物をやらないからにちがいないから、食べさせるときにたらふく食べさせるがよい。じゅうぶんに食べさせてもまだそんなぎょうぎのわるいことをするならひッぱたけ！　それから、もしこれがおまえらのしわざならつつしんでもらわなければならない。ひとぎきもわるい！　あそこの家ではケチでやとい人にじゅうぶん食べさせないから、それでぬすみ食いをすると、世間からわらわれるにきまっている。三度三度、じゅうぶんに食べても、人間はだれしも間食《あいだぐ》いをやりたいことがあるものだ。そんなときには、えんりょせずに、おかみさんにいってもらって食べるがよい。けっしてかくし食い、ぬすみ食いをするな、よいか。」

年よりのことばはもっともだったので、やとい人たちは口ぐちに「かしこまりました、気をつけます。」と答えました。なかには、じっさい、かくれてつまみ食いをするものもあったので、それらは顔を赤くしたり青くしたりしました。

ひとり、万作《まんさく》という若《わか》い作男は、口ぎれいで、自分にそんないやしいことをしたおぼえがなかったものだから、年よりのことばにいくらか腹《はら》をたてて、きっとこの食べ物ぬすびとをつかまえてくれると、ひそかに決心のほぞをかためました。

二

年よりにああきびしくいいわたされて、みなが気をつけたせいか、その後しばらくは食べ物のなくなることがありませんでしたが、秋もすぎ、冬もしだいにふかくなって近くの山まで雪が来るようになったころから、こんどはかきやいもではなくて、（そういうものはちゃんと入れ物へ入れてしまっておくようにしたからでしょうが、）いくらかご飯《はん》ののこっているはずの飯櫃《めしびつ》が、ひと晩《ばん》たつと空《から》になっていることのつづくのに、おかみさんや下女が気づいてびっくりしました。

「どうもふしぎだ！　ゆうべ、みんなが食べてしまったあとでお櫃《ひつ》を見ると、一人まえはたしかにのこっていると思ったから、けさたくお米はそのつもりで加減《かげん》したのだけれど……。」

「ほんとうに、これぁ、まあ、どうしたことでしょうね？　だれもあれから食べたわけはないし、ねこかなにかが食べたとすりゃ、お櫃のふたがとりっぱなしになっているか、めしつぶがこぼれているかしなければならないが……？」

そういうことが二度三度つづくと、人間が食べるのでないなら、なにかふしぎなけものでもやってきて食べるのだろうとだれもが考えました。その百姓《ひゃくしょう》家《や》のうら山には木立《こだち》がしげっていて、いろいろなけものが、きつねだとかたぬきだとかりすだとかもんがあだとかいうたぐいが数かず昔《むかし》から住んでいたからです。

このさい、ことにやっきとなったのは万作《まんさく》でした。かれは、ある晩《ばん》、飯櫃のそばで寝《ね》ずの番をしてみるといいだしました。夜がふけると寒さがひしひしと身にしみるので、かれはあついどてらを着たり、手ぬぐいでほおかむりをしたりして、炉《ろ》にどんどんとたき火をしながら、大きな目を見はって、台所の板の間へおいた飯櫃《めしびつ》をにらんでいました。だんだんあたりがしずかになるにつれて、近所の谷間を流れている、芝川《しばかわ》という大川の音が、きわだって聞こえてきましたが、それもいつか遠のきました……。

はッ！　と思って、かれは頭をもたげました。ひどく眠《ねむ》くなってきたことだけは知っていて、眠《ねむ》ってはならないといきんでいたのだけれど、かれはとうとう炉《ろ》ばたへ寝《ね》たおれたのでした。

「こりゃしまった！」とひとりごちながら、かれは飯櫃へとびかかってふたをあけてみました。なかはまったくの空《から》でした。「ちくしょう！」とかれはさけんだけれど、もうおっつきませんでした。

つぎの晩《ばん》、かれは前夜の失敗にこりたものですから、飯櫃のふたの上に大きな石、ねこやなにかにはとても動かすことのできない大きな石を二つ三つかさねてのせて、それとにらめっこをして夜をあかしましたが、やはり芝川の川音が聞こえなくなるといっしょに、かれはどうしてもがまんがしきれずに寝ころげてしまいました。

おさえの石をのけて、ふたを取ってみると、こんどもまた飯櫃《めしびつ》のなかは空《から》でした。かれはあきれるよりほかはありませんでした。

「これはよほどふしぎな魔物《まもの》にそういない。」

そう思って、かれはたいまつの光で、(そのころ、そのへんのいなかにはランプというものはなくて、まつの根っこやなにかでたいまつをつくって、その光でものを見るのでした。)板の間から土間をしらべて歩いたが、これと思われる足あと一つのこっていませんでした。

三

そうなると、みなはまた「ふしぎだ!」「ふしぎだ!」といいはじめました。

ふしぎということをきらう老主人《ろうしゅじん》は、「ばかものどもめ! いくじのないやつらだ! では、今夜は、おれが寝《ね》ずの番をしてやる。」とちょんまげ頭をうちふるようにしていって、でも、まさかのときの用意にと思って、火縄銃《ひなわづつ》にたまをこめたり煙硝《えんしょう》を入れたりしてひざもとへおいて眠《ねむ》くならないために、お茶を飲んだり、たばこをすったりしながら、炉《ろ》ばたに起きておりました。

夜はしだいにふけていきました。万作《まんさく》に聞こえたとおなじように、年よりの耳へもうらの芝川《しばかわ》の瀬音《せおと》がはっきりと聞こえてきました。

やがて、天井《てんじょう》を、いたちだかねずみだかのそうぞうしくかけまわる音がしました。「来た！」と思って、年よりは鉄砲《てっぽう》をとりあげて、火縄《ひなわ》の火のついているかどうかをしらべました。けれども、うす暗い台所の板の間にうきだして見えている飯櫃《めしびつ》のそばへはなにものもあらわれませんでした。

つぎに、はっきりと年よりの耳へ聞こえてきたのは下女部屋に寝《ね》ている下女の歯ぎしりの音でした。昼間ひどく働くものは、夜になると歯ぎしりをするということを老主人《ろうしゅじん》は思い出しました。つづいて、下女の寝言《ねごと》が聞こえました。

「おいも、おいも……おかみさん……。」

年よりは、下女をぎょうぎのわるいやつだと思って、苦笑《くしょう》しました。しかし、夢《ゆめ》のなかでも食べ物のことをいうやとわれ人の胃《い》の腑《ふ》のことを考えずにはいられませんでした。「食べたいものは、えんりょせずにじゅうぶん食べろ。」といいわたしてあるけれども、やはり食べたいほど食べているのでない、とも考えました。

いつのまにか、年よりもまた、若《わか》い万作《まんさく》のように炉《ろ》ばたで寝《ね》たおれてしまいました。目がさめたときには、片手に持っていた鉄砲《てっぽう》の火縄《ひなわ》の火は消えて、炉《ろ》のたき火もほとんどみな灰《はい》になっていました。屋《や》の棟《むね》で、すずめがチュウチュウ《ママ》とないていました。夜があけていたのです。

眠《ねむ》るまいとして、自分で自分のひざをつねったりしたけれど、なにかこうさからうことのできない重いものにおしふせられるように眠ってしまったことを思い出しながら、老主人《ろうしゅじん》は飯櫃《めしびつ》のふたを取ってみました。いうまでもなく、飯《めし》はすこしものこっていませんでした。

「ほんとうにふしぎだ！　ふしぎなこともあればあるものだ！」

年よりはいくぶん我《が》をおって、やはり失敗してしまった自分の寝ずの番の話を、みなに話してきかせました。

そのつぎの晩《ばん》は、老主人と万作とがいっしょになって起きていました。そして、あけがた近くなると二人ともやはり眠くなって寝たおれましたが、万作は、さすがに年若《としわか》なのと、きっと魔《ま》物《もの》を見やぶってくれるといきごんでいたのとで、まさに眠くなろうとするとき耳さとく、二階のはしごだんのコトリとなったのを聞きとりました。

そのことをかれがみなに話すと、なにものか知らぬが飯櫃《めしびつ》荒《あら》しは二階から来るにそういないと、みなの考えが一致《いっち》しました。

昼間になると、家じゅう総がかりで、二階にあるガラクタ道具をとりのけてほうぼうをさがしました。すると、古い長持《ながもち》のおしつけられてあった壁《かべ》に、さしわたし一尺ばかりの穴《あな》があいていて、その穴のふちにとび色のけものの毛がいくらかくっついているのが見つかりました。

「どれ、どれ?……ふうむ、これはたしかにむじなの毛だ! では、あれはそやつのしわざだ、むじなのしわざだ。」

老主人《ろうしゅじん》は、万作《まんさく》からうけとった短い毛の二、三本を明るいところでながめながらそういいました。

四

すぐに、その日、百姓《ひゃくしょう》仕事《しごと》を休んで、老主人がまっさきになって、若主人《わかしゅじん》だの万作だののそのほかのやとい人だので、うら山のむじな狩《が》りをすることになりました。

朝から晩《ばん》まで、腰《こし》べんとうでみなが山じゅうをさわぎまわったが、山鳥やきじが飛びたったりうさぎがはねだしたりしたけれども、人の目をくらましてふしぎなわざをするたぬきとかむじなとかいうたぐいのものは影《かげ》をも見せませんでした。

もう日も暮れかかるころのことでした、老主人《ろうしゅじん》は、若《わか》いころから持ちなれた鉄砲《てっぽう》をかたにして、うら山の杉木立《すぎこだち》のなかを芝川《しばかわ》ぶちのがけのところまでいって、（そこらへはその日のうちにもう二、三度いったのだけれどねんのためにあらためてみたのでした。）やがてなにも見つからないのにがっかりして、ひっかえそうとしました。そのとき、年よりがつれていた犬がワンワンワンワンとつづけざまにはげしくほえながら、がけっぱなに立っている一本のひのきを中心にして、あちらこちらへはねまわりました。

老主人は、きっとした顔つきになって、鉄砲をかたからはずして身がまえながら、そのひのきの太い幹《みき》を下のほうから、ずうっと見あげてゆきました。

すると、その幹の中ほどに、かれ枝《えだ》のおれのこりかと思われるような、だが、よく見ると小さいけものの手にちがいない黒いものが、うす赤みをおびた木肌《きはだ》へちょんとかかっているのをみとめました。年のせいと、ふた晩《ばん》ばかりの徹夜《てつや》とで、視力《しりょく》はよほどおとろえていたけれど、猟《りょう》はじまんであるだけに、老主人はそれをけっして見あやまりませんでした。

鉄砲をほほにあててねらいながら、かれはあらためてひのきの幹の反対のがわを、ふかい谷

川にむかっているほうを見あげました。と、そちらにいました、手の小さいのにはにあわない大きな丸《まる》まるとしたむじなが、絶体絶命《ぜったいぜつめい》というふうに幹《みき》にかじりついて！

ドンと一発打ってはなつと、なんとも形容《けいよう》のできないさけび声をあげて、むじなはそのまるい背中《せなか》をいっそうまるくしたが、すぐに落ちてはきませんでした。ガリガリガリと二、三度つめで木肌《きはだ》をひっかいてから、片手でしばらく木の幹にぶらさがっていました。たしかに手ごたえがあったので、年よりは安心してじっとけもののようすを見ていました。すると、まもなく、持ちこたえなかったらしくドタリと音を立てて地に落ちました。犬がやにわに飛びつきました。そしてむじながけから川へころげ落ちないさきにひっくわえました。

そこへ万作《まんさく》がかけつけてきて、

「おてがら！　おてがら！」

と年よりをほめたててから、持っていたぼうで、まだいくらか息のあったむじなの鼻づらを、血のでるほどこづきました。

「こんちくしょう……ふてえやつだ。人をさんざんたぶらかしやがって。」といいながら。

それで、まず、飯《めし》ぬすびとの正体がわかり、そのたいじもできて、それからのち、その百姓《ひゃくしょう》家《や》の台所にはふしぎな紛失《ふんしつ》もなくなりましたが、それとどうじに、老主人《ろうしゅじん》はもう生涯《しょうがい》鉄砲《てっぽう》は打つまいと決心しました。

人がそのわけをたずねると、年よりは答えました。

「生命《いのち》ほしさにひのきの幹《みき》へ身をかくしながらかじりついていたむじなの小さな手が、いたいたしく目にのこっていてならない。あの手で、穴《あな》をほってすみ、食べ物を集めて食べ、そして一番しまいに、鉄砲丸《てっぽうだま》を受けた体をややしばらくぶらさげていたことを思うと、けものながらあわれだった。人間の手もおなじことだ！」

そして、年よりは自分の骨《ほね》と皮ばかりにやせた手をうちかえしてながめ、相手の手をもながめるのでした。

（おわり）

あめチョコの天使

小川未明《おがわみめい》

青い、美しい空の下に、黒い煙《けむり》のあがるえんとつのいく本か立った工場《こうば》がありました。その工場の中では、あめチョコを製造《せいぞう》していました。

製造されたあめチョコは、小さな箱《はこ》の中に入れられて、ほうぼうの町や、村や、また都会にむかって送られるのでありました。

ある日、車の上に、たくさんのあめチョコの箱がつまれていました。それは、工場から、長いうねうねとした道をゆられて、停車場《ていしゃば》へとはこばれ、そこから、また遠いいなかのほうへと送られるのでありました。

あめチョコの箱《はこ》には、かわいらしい天使がかいてありました。この天使の運命は、ほんとうにいろいろでありました。あるものは、くずかごの中へ、他の紙くずなどといっしょにやぶられてすてられました。また、あるものは、ストーブの火の中になげいれられました。また、あるものは、ぬかるみの道の上にすてられました。なんといっても子どもらは、箱の中にはいっているあめチョコさえ食べればいいのです。そして、もうあき箱などには用事がなかったからであります。こうして、ぬかるみの中にすてられた天使は、やがてその上を重い荷車のわだちでひかれるのでした。

天使でありますから、たとえやぶられても、焼かれても、またひかれても、血のでるわけではなし、またいたいということもなかったのです。ただこの地上にいるあいだは、おもしろいことと、かなしいことがあるばかりで、しまいには、たましいはみんな青い空へと飛んでいってしまうのでありました。

いま、車に乗せられて、うねうねとした長い道を停車場《ていしゃば》のほうへといった天使は、まことによく晴れわたった、青い空や、また、木立《こだち》や、建物のかさなりあっている、あたりの景色《けしき》をながめてひとりごとをしていました。

「あの黒い煙《けむり》の立っている建物は、あめチョコの製造《せいぞう》された工場《こうば》だな、なんといい景色《けしき》ではないか。遠くには海が見えるし、あちらにはにぎやかな町がある。おなじいくものなら、おれは、あの町へいってみたかった。きっと、おもしろいことや、おかしいことがあるのだろう。それだのに、いま、おれは、停車場《ていしゃば》へいってしまう。汽車に乗せられて、遠いところへいってしまうにちがいない。そうなれば、もう二度とこの都会へは来られないばかりか、この景色を見ることもできないのだ。」

天使は、このにぎやかな都会を見すてて、遠くあてもなくいくのをかなしく思いました。けれど、また、自分は、どんなところへいくだろうかと考えると楽しみでもありました。

その日の昼ごろは、もうあめチョコは、汽車にゆられていました。天使は、まっくらななかにいていま汽車がどこを通っているかということはわかりませんでした。

そのとき、汽車は、野原や、また丘《おか》の下や、村はずれや、そして、大きな河《かわ》にかかっている鉄橋の上などをわたって、ずんずんと東北のほうにむかって走っていたのでした。

その日の晩《ばん》がた、あるさびしい、小さな駅に汽車がつくと、あめチョコは、そこでおろされました。そして汽車は、また、暗くなりかかった、風のふいている野原のほうへ、ポッ、ポッと煙《けむり》をはいていってしまいました。

　あめチョコの天使は、これからどうなるのだろうとなかばたよりないような、なかば楽しみのような気持でいました。するとまもなく、いく百となくあめチョコのはいっている大きな箱《はこ》は、その町の菓子屋《かしや》へはこばれていったのであります。

　空がくもっていたせいもありますが、町の中は、日が暮れてからは、あまり人通りもありませんでした。天使は、こんなさびしい町の中で、いく日もじっとして、これから長いあいだこうしているのかしらん。もしそうならたいくつでたまらないと思いました。

　いく百となくあめチョコの箱にかいてある天使は、それぞれちがった空想《くうそう》にふけっていたのでありましょう。なかには、はやく、青い空へあがっていきたいと思っていたものもありますが、また、どうなるか最後の運命まで見てから、空へかえりたいと思っていたものもあります。

　ここに話をしますのは、それらの多くの天使のなかの一人であるのは、いうまでもありません。

　ある日、男が箱車《はこぐるま》をひいて、菓子屋の店さきにやってきました。そして、あめチョコを三十ばかり、ほかのお菓子《かし》といっしょに箱車の中におさめました。

天使は、また、これからどこへかいくのだと思いました。いったいどこへいくのだろう？　箱車《はこぐるま》の中にはいっている天使は、やはり、くらがりにいて、ただ、車が石の上をがたがたとおどりながら、なんでものどかないなか道をひかれていく音しか聞くことができませんでした。

箱車をひいていく男は、とちゅうで、だれかと道づれになったようです。

「いいお天気ですのう。」

「だんだんのどかになりますだ。」

「このお天気で、みんな、雪が消えてしまうだろうな。」

「おまえさんは、どこまでいかしゃる。」

「あちらの村へお菓子《かし》をおろしにいくだ。今年になってはじめて東京から荷がついたから。」

あめチョコの天使は、この話によって、このへんには、まだところどころ田や、畑に、雪がのこっているということを知りました。

村にはいると、木立《こだち》の上に、小鳥がチュン、チュンといい声をだして、枝《えだ》から、枝へと飛んではさえずっていました。子どもらの遊んでいる声が聞こえました。そのうちに、車は、ガタリといってとまりました。

このとき、あめチョコの天使は、村へ来たのだなと思いました。やがて箱車《はこぐるま》のふたがあいて、男は、はたしてあめチョコをとりだして、村の小さな駄菓子屋《だがしや》の店さきにおきました。また、ほかにもいろいろのお菓子をならべたのです。

駄菓子屋のおかみさんは、あめチョコを手にとりあげながら、

「これは、みんな十銭《せん》のあめチョコなんだね。五銭《せん》のがあったら、五銭のをおくんなさい。このあたりでは、十銭のなんか、なかなか売れっこはないから。」といいました。

「十銭のばかりなんですがね。そんなら、三つ、四つおいていきましょうか。」と、車をひいてきた、若《わか》い男は、いいました。

「そんなら、三つばかりもおいていってください。」と、おかみさんは、いいました。

あめチョコは、三つだけこの店におかれることになりました。おかみさんは、三つのあめチョコを大きなガラスのびんの中にいれて、それを外から見えるようなところにかざっておきました。

若《わか》い男は、車をひいてかえっていきました。これから、またほかの村へまわったのかもしれません。おなじ工場《こうば》でつくられたあめチョコは、おなじ汽車に乗って、ついここまで運命をいっしょにして来たのだが、これからたがいに知らない場所にわかれてしまわなければなりませんでした。もはや、この世の中では、それらの天使は、たがいに顔を見あわすようなことはおそらくありますまい。いつか、青い空にあがっていって、おたがいにこの世の中でへてきた運命について語りあう日よりはほかになかったのであります。

びんの中から、天使は、家のまえに流れている小さな川をながめました。水の上に、日の光がきらきら照らしていました。やがて日は暮れました。いなかの夜は、まだ寒く、そしてさびしかった。しかし夜があけると小鳥が、れいの木立《こだち》に来てさえずりました。その日もいい天気でした。あちらの山のあたりはかすんでいます。子どもらはお菓子屋《かしや》のまえに来て遊んでいました。このとき、あめチョコの天使は、あの子どもらがあめチョコを買って、自分をあの小川に流してくれたら、自分は水のいくままに、あちらの遠いかすみだった山やまのあいだを流れていくものをと空想したのであります。

しかし、おかみさんがいつかいったように、百姓《ひゃくしょう》の子どもらは、十銭《せん》のあめチョコを買うことができませんでした。

夏になると、つばめが飛んできました。そして、そのかわいらしい姿《すがた》を小川の水のおもてにうつしました。また、暑い日ざかりごろ、旅人が、店さきに来て休みました。そして、四方《よも》の話などをしました。しかし、そのあいだ、だれもあめチョコを買うものがありませんでした。だから、天使は、空へあがることも、またここからほかへ旅をすることもできませんでした。月日がたつにつれて、ガラスのびんはしぜんによごれ、またちりがかかったりしました。あめチョコは、ゆううつな日をおくったのであります。

やがてまた、寒さにむかいました。そして、冬になると、雪はちらちらとふってきました。天使は、いなかの生活にあきてしまいました。しかし、どうすることもできませんでした。ちょうど、この店に来てから、一年目になった、ある日のことでありました。

菓子屋《かしや》の店さきに、一人のおばあさんが立っていました。

「なにか、孫《まご》におくってやりたいのだが、いいお菓子《かし》はありませんか。」と、おばあさんは、いいました。

「ごいんきょさん、ここには、上等のお菓子はありませんが、あめチョコならありますが、いかがですか。」と、菓子屋のおかみさんは答えました。

「あめチョコを見せておくれ。」と、つえをついた、黒いずきんをかぶった、おばあさんはいいました。

「どちらへおおくりなさるのですか。」

「東京の孫に、もちをおくってやるついでに、なにかお菓子も入れてやろうと思ってな。」と、おばあさんは答えました。

「しかし、ごいんきょさん、このあめチョコは、東京から来たのです。」

「なんだっていい、こちらのこころざしだからな、そのあめチョコをおくれ。」といって、おばあさんは、あめチョコを三つとも買ってしまいました。

天使は、思いがけなく、ふたたび東京へいってみられることを喜びました。

あくる日の夜は、はや、暗い貨物列車《かもつれっしゃ》の中にゆられて、いつか来た時分《じぶん》のおなじ線路を、都会をさして走っていたのであります。

夜があけて、明るくなると、汽車は都会の停車場《ていしゃば》につきました。

そして、その日の昼すぎに、小包は、あてなの家へ配達《はいたつ》されました。

「いなかから、小包が来たよ。」と、子どもたちは、大きな声をだして喜び、おどりあがりました。

「なにが来たのだろうね、きっとおもちだろうよ。」と、母親は、小包のなわをといて、箱《はこ》のふたをあけました。すると、はたして、それは、いなかでついたもちでありました。その中に、三つのあめチョコがはいっていました。

「まあ、おばあさんが、おまえたちに、わざわざ買ってくださったのだよ。」と母親は、三人の子どもに一つずつあめチョコをわけてあたえました。

「なあんだ、あめチョコか。」と、子どもらは、口ではいったものの、喜んで、それをば手に持って、家のそとへ遊びにでました。

まだ、寒い早春《そうしゅん》のたそがれでありました。往来《おうらい》の上では、子どもらがおにごとをして遊んでいました。三人の子どもらは、いつしかあめチョコを箱《はこ》からだして食べたり、そばをはなれずについている白犬のポチになげてやったりしていました。そのうちに、まったく箱の中がからになると、一人は、あき箱をどぶの中にすてました。一人は、やぶってしまいました。一人は、それをポチになげると、犬は、それをくわえて、あたりを飛びまわっていました。

空の色は、ほんとうに、青い、なつかしい色をしていました。いろいろの花がさくには、まだはやかったけれど、うめの花は、もうかおっていました。このしずかなたそがれがた、三人の天使は、青い空にあがっていきました。

そのなかの一人は、思い出したように、遠く都会のかなたの空をながめました。たくさんのえんとつから、黒い煙《けむり》があがっていて、どれが昔《むかし》、自分たちのあめチョコが製造《せいぞう》された工場《こうば》であったかよくわかりませんでした。ただ、美しいあかりがあちら、こちらに、もやのなかにかすんでいました。

青黒い空は、だんだんあがるにつれて明るくなった。そして、ゆくてには、美しい星が光っていました。

（おわり）

魔《ま》術《じゅつ》

芥川《あくたがわ》龍之介《りゅうのすけ》

ある秋雨《あきさめ》の降る晩《ばん》のことです。わたくしを乗せた人力車《じんりきしゃ》は、何度も大森界隈《おおもりかいわい》のけわしい坂をあがったりおりたりして、やっと竹やぶにかこまれた、小さな西洋館《せいようかん》のまえに梶棒《かじぼう》をおろしました。もうねずみ色のペンキのはげかかった、せま苦しい玄関《げんかん》には、車夫《しゃふ》のさしだしたちょうちんのあかりで見ると、インド人マテイラム・ミスラと日本字で書いた、これだけは新しい、せとものの標札《ひょうさつ》がかかっています。

マテイラム・ミスラ君といえば、もうみなさんのなかにも、ごぞんじのかたがすくなくないかもしれません。ミスラ君は長年インドの独立《どくりつ》をはかっているカルカッタ生まれの愛国者《あいこくしゃ》で、どうじにまたハッサン・カンという名高い婆羅門《ばらもん》の秘法《ひほう》を学んだ、年の若《わか》い魔術《まじゅつ》の大家《たいか》なのです。わたくしはちょうど一月《ひとつき》ばかりいぜんから、ある友人の紹介《しょうかい》でミスラ君と交際《こうさい》していましたが、政治経済《せいじけいざい》の問題などはいろいろ議論《ぎろん》したことがあっても、かんじんの魔術を使うときには、まだ一度もいあわせたことがありません。そこで今夜はまえもって、魔術を使ってみせてくれるように、手紙でたのんでおいてから、当時ミスラ君の住んでいた、さびしい大森《おおもり》の町はずれまで、人力車《じんりきしゃ》をいそがせてきたのです。

わたくしは雨にぬれながら、おぼつかない車夫《しゃふ》のちょうちんのあかりをたよりにその標札《ひょうさつ》の下にあるよびりんのボタンをおしました。するとまもなく戸が開いて、玄関《げんかん》へ顔をだしたのは、ミスラ君のせわをしている、背《せ》の低い日本人のおばあさんです。

「ミスラ君はおいでですか。」

「いらっしゃいます。さきほどからあなた様をお待ちかねでございました。」

おばあさんはあいそうよくこういいながら、すぐその玄関のつきあたりにある、ミスラ君の部屋へわたくしを案内しました。

「今晩は、雨が降るのに、よくおいででした。」

色のまっ黒な、目の大きい、やわらかな口ひげのあるミスラ君は、テーブルの上にある石油ランプの芯《しん》をひねりながら、元気よくわたくしにあいさつしました。

「いや、あなたの魔《ま》術《じゅつ》さえ拝《はい》見《けん》できれば、雨ぐらいはなんともありません。」

わたくしはいすに腰《こし》をかけてから、うす暗い石油ランプの光に照《て》らされた、陰《いん》気《き》な部屋の中を見まわしました。

ミスラ君の部屋はしっそな西洋間で、まんなかにテーブルが一つ、壁《かべ》ぎわに手ごろな書だなが一つ、それから窓《まど》のまえに机《つくえ》が一つ――ほかにはただわれわれの腰をかける、いすがならんでいるだけです。しかもそのいすや机が、みんな古ぼけたものばかりで、ふちへ赤く花もようをおりだした、はでなテーブルかけでさえ、いまにも、ずたずたにさけるかと思うほど、糸目があらわになっていました。

わたくしたちはあいさつをすませてから、しばらくは外の竹やぶに降る雨の音を聞くともなく聞いていましたが、やがてまたあのめしつかいのおばあさんが、紅茶の道具を持ってはいってくると、ミスラ君は葉《は》巻《まき》の箱《はこ》のふたを開けて、

「どうです、一本。」

とすすめてくれました。

「ありがとう。」

わたくしは、えんりょなく葉巻《はまき》を一本取って、マッチの火をうつしながら、

「たしかあなたのおつかいになる精霊《せいれい》は、ジンとかいう名前でしたね。するとこれからわたくしが拝見《はいけん》する魔術《まじゅつ》というのも、そのジンの力を借りてなさるのですか。」

ミスラ君は自分も葉巻へ火をつけると、にやにやわらいながら、においのいい煙《けむり》をはいて、

「ジンなどという精霊があると思ったのは、もう何百年も昔《むかし》のことです。アラビヤ夜話《やわ》の時代のこととでもいいましょうか。わたくしがハッサン・カンから学んだ魔術は、あなたでも使おうと思えば使えますよ。たかが進歩した催眠術《さいみんじゅつ》にすぎないのですから。――ごらんなさい。この手をただ、こうしさえすればいいのです。」

ミスラ君は手をあげて、二、三度わたくしの目のまえへ三角形のようなものをえがきましたが、やがてその手をテーブルの上へやると、ふちへ赤くおりだしたもようの花をつまみあげました。わたくしはびっくりして、思わずいすをずりよせながら、よくよくその花をながめましたが、たしかにそれはいまのいままで、テーブルかけの中にあった花もようの一つにちがいあ

りません。

　が、ミスラ君がその花をわたくしの鼻のさきへ持ってくると、ちょうど麝香《じゃこう》かなにかのような重苦しいにおいさえするのです。わたくしはあまりのふしぎさに、何度も感嘆《かんたん》の声をもらしますと、ミスラ君はやはり微笑《びしょう》したまま、またむぞうさにその花をテーブルかけの上へ落としました。もちろん落とすともとのとおり、花はおりだしたもようになって、つまみあげることどころか、花びら一つ自由には動かせなくなってしまうのです。

「どうです。わけはないでしょう。こんどは、このランプをごらんなさい。」

　ミスラ君はこういいながらちょいとテーブルの上のランプをおきなおしましたが、そのひょうしにどういうわけか、ランプはまるでこまのように、ぐるぐるまわりはじめました。それもちゃんとひとところにとまったまま、ホヤをしんぼうのようにして、いきおいよくまわりはじめたのです。はじめのうちはわたくしもきもをつぶして、万一火事にでもなってはたいへんだと、何度もひやひやしましたが、ミスラ君はしずかに紅茶を飲みながら、いっこうさわぐようすもありません。そこでわたくしもしまいには、すっかり度胸《どきょう》がすわってしまって、だんだんはやくなるランプ運動を、目もはなさずながめていました。

またじっさいランプのかさが風を起こしてまわるうちに、黄色い炎《ほのお》がたった一つ、またたきもせずにともっているのは、なんともいえず美しい、ふしぎな見物だったのです。が、そのうちにランプのまわるのが、いよいよすみやかになっていって、とうとうまわっているとは見えないほど、すみわたったと思いますと、いつのまにか、まえのようにホヤ一つゆがんだ気色《けしき》もなく、テーブルの上にすわっていました。

「おどろきましたか。こんなことはほんの子どもだましですよ。それともあなたがおのぞみなら、もう一つなにかごらんにいれましょう。」

ミスラ君はうしろをふりかえって、壁《かべ》ぎわの書だなをながめましたが、やがてそのほうへ手をさしのばして、まねくように指を動かすと、こんどは書だなにならんでいた書物が一冊《さつ》ずつ動きだして、しぜんにテーブルの上まで飛んできました。そのまた飛びかたが両方へ表紙を開いて、夏の夕方に飛びかうこうもりのように、ひらひらと宙《ちゅう》へまいあがるのです。わたくしは葉巻《はまき》を口へくわえたまま、あっけにとられて、見ていましたが、書物はうす暗いランプの光の中に何冊《なんさつ》も自由に飛びまわって、いちいちぎょうぎよくテーブルの上へピラミッド形につみあがりました。しかものこらずこちらへうつってしまったと思うと、すぐにさいしょ来たのから動きだして、もとの書だなにじゅんじゅんに飛びかえってゆくじゃありませんか。

が、なかでも一番おもしろかったのは、うすい仮綴《かりと》じの書物が一冊、やはりつばさのように表紙を開いて、ふわりと空へあがりましたが、しばらくテーブルの上で輪《わ》をかいてから、きゅうにページをざわつかせると、さか落としにわたくしのひざの上へさっとおりてきたことです。

どうしたのかと思って手にとってみると、これはわたくしが一週間ばかりまえにミスラ君へ借したおぼえがある、フランスの新しい小説でした。

「ながながご本をありがとう。」

ミスラ君はまだ微笑《びしょう》をふくんだ声で、こうわたくしに礼をいいました。もちろんそのときはもう多くの書物が、みんなテーブルの上から書だなの中へまいもどってしまっていたのです。わたくしは夢《ゆめ》からさめたような心持ちで、暫時《ざんじ》はあいさつさえできませんでしたが、そのうちにさっきミスラ君のいった、「わたくしの魔術《まじゅつ》などというものは、あなたでも使おうと思えば使えるのです。」ということばを思い出しましたから、

「いや、かねがね評判《ひょうばん》はうかがっていましたが、あなたのお使いなさる魔術が、これほどふしぎなものだろうとは、じっさい、思いもよりませんでした。ところでわたくしのような人間にも、使って使えないことのないというのは、ごじょうだんではないのですか。」

「使えますとも。だれにでもぞうさなく使えます。ただ――」といいかけてミスラ君は、じっとわたくしの顔をながめながら、いつになくまじめな口調《くちょう》になって、

「ただ、欲《よく》のある人間には使えません。ハッサン・カンの魔術をならおうと思ったら、まず欲《よく》

をすてることです。あなたにはそれができますか。」

「できるつもりです。」

わたくしはこう答えましたが、なんとなく不安な気もしたので、すぐにまたあとからことばをそえました。

「魔術《まじゅつ》さえ教えていただければ。」

それでもミスラ君はうたがわしそうな目つきをみせましたが、さすがにこのうえ念《ねん》をおすのはぶしつけだとでも思ったのでしょう。やがておおようにうなずきながら、

「では教えてあげましょう。が、いくらぞうさなく使えるといっても、ならうのにはひまもかかりますから、今夜はわたくしのところへおとまりなさい。」

「どうもいろいろおそれいります。」

わたくしは魔術を教えてもらううれしさに、なんどもミスラ君へお礼をいいました。が、ミスラ君はそんなことにとんちゃくする気色《けしき》もなく、しずかにいすから立ちあがると、

「オバアサン。オバアサン。今夜ハオ客様ガオトマリニナルカラ、寝床《ねとこ》ノシタクヲシテオイテオクレ。」

わたくしはむねをおどらしながら、葉巻《はまき》の灰《はい》をはたくのもわすれて、まともに石油ランプの光をあびた、親切そうなミスラ君の顔を、思わずじっと見あげました。

わたくしがミスラ君に魔術《まじゅつ》を教わってから、一月《ひとつき》ばかりたったのちのことです。これもやはりざあざあ雨の降る晩《ばん》でしたが、わたくしは銀座《ぎんざ》のあるクラブの一室で、五、六人の友人と、だんろのまえへじんどりながら、気がるな雑談《ざつだん》にふけっていました。

なにしろここは東京の中心ですから、窓《まど》の外に降る雨あしも、ひっきりなく往来《おうらい》する自動車や馬車の屋根をぬらすせいか、あの、大森の竹やぶにしぶくような、ものさびしい音は聞こえません。

もちろん窓のうちの陽気なことも、明るい電灯の光といい、大きなモロッコ皮のいすといい、あるいはまたなめらかに光っている寄木細工《よせぎざいく》の床《ゆか》といい、見るから精霊《せいれい》でもでてきそうな、ミスラ君の部屋などとは、まるでくらべものにはならないのです。

わたくしたちは葉巻の煙《けむり》のなかに、しばらくは猟《りょう》の話だの競馬《けいば》の話だのをしていましたが、そのうちに一人の友人が、すいさしの葉巻をだんろの中にほうりこんで、わたくしのほうへふりむきながら、

「君はちかごろ魔《ま》術《じゅつ》を使うという評判《ひょうばん》だが、どうだい。今夜はひとつぼくたちのまえで使ってみせてくれないか。」

「いいとも。」

わたくしはいすの背《せ》に頭《かしら》をもたせたまま、さも魔術の名人らしく、おおようにこう答えました。

「じゃ、なんでも君に一任《いちにん》するから、世間《せけん》の手品師《てじなし》などにはできそうもない、ふしぎな術《じゅつ》を使ってみせてくれたまえ。」

友人たちはみな賛成《さんせい》だとみえて、てんでにいすをすりよせながら、うながすようにわたくしのほうをながめました。そこでわたくしはおもむろに立ちあがって、

「よく見ていてくれたまえよ。ぼくの使う魔術には、種《たね》もしかけもないのだから。」

わたくしはこういいながら、両手のカフスをまくりあげて、だんろの中に燃えさかっている石炭を、むぞうさにてのひらの上へすくいあげました。わたくしをかこんでいた友人たちは、これだけでも、もう荒肝《あらぎも》をひしがれたのでしょう。みな顔を見あわせながらうっかりそばへよってやけどでもしてはたいへんだと、気味わるそうにしりごみさえしはじめるのです。

そこでわたくしのほうはいよいよ落ちつきはらって、そのてのひらの上の石炭の火を、しばらく一同の目のまえへつきつけてから、こんどはそれをいきおいよく寄木細工《よせぎざいく》の床《ゆか》へまきちらしました。そのとたんです、窓《まど》の外に降る雨の音をあっして、もう一つかわった雨の音がにわかに床《ゆか》の上から起こったのは。というのはまっ赤な石炭の火が、わたくしのてのひらをはなれるとどうじに、無数の美しい金貨《きんか》になって、雨のように床の上へこぼれ飛んだからなのです。

友人たちはみな夢《ゆめ》でも見ているように、ぼうぜんとかっさいするさえもわすれていました。

「まずちょいとこんなものさ。」

わたくしはとくいの微笑《びしょう》をうかべながら、しずかにまたもとのいすに腰《こし》をおろしました。

「こりゃみなほんとうの金貨かい。」

あっけにとられていた友人の一人が、ようやくこうわたくしにたずねたのは、それから五分ばかりたったのちのことです。

「ほんとうの金貨さ。うそだと思ったら、手にとって見たまえ。」

「まさかやけどをするようなことはあるまいね。」

友人の一人はおそるおそる、床の上の金貨を手にとって見ましたが、

「なるほどこりゃほんとうの金貨《きんか》だ。おい、給仕《きゅうじ》、ほうきとちりとりとを持ってきて、これをみなはき集めてくれ。」

給仕はすぐにいいつけられたとおり、床《ゆか》の上の金貨をはき集めて、うずたかくそばのテーブルへもりあげました。友人たちはみなそのテーブルのまわりをかこみながら、

「ざっと二十万円ぐらいはありそうだね。」

「いや、もっとありそうだ。きゃしゃなテーブルだった日には、つぶれてしまうくらいあるじゃないか。」

「なにしろたいした魔術《まじゅつ》をならったものだ。石炭の火がすぐに金貨になるのだから。」

「これじゃ一週間とたたないうちに、岩崎《いわさき》や三井《みつい》にもまけないような金満家《きんまんか》になってしまうだろう。」などと、口ぐちにわたくしの魔術をほめそやしました。が、わたくしはやはりいすによりかかったまま、ゆうぜんと葉巻《はまき》の煙《けむり》をはいて、

「いや、ぼくの魔術というやつは、いったん欲心《よくしん》を起こしたら、二度と使うことができないのだ。だからこの金貨にしても、君たちが見てしまった上は、すぐにまたもとのだんろの中へほうりこんでしまおうと思っている。」

友人たちはわたくしのことばを聞くと、いいあわせたように、反対しはじめました。これだけの大金をもとの石炭にしてしまうのは、もったいない話だというのです。が、わたくしはミスラ君にやくそくしたてまえもありますから、どうしてもだんろにほうりこむと、ごうじょうに友人たちとあらそいました。すると、その友人たちのなかでも、一番狡猾《こうかつ》だという評判《ひょうばん》のあるのが、鼻のさきで、せせらわらいながら、

「君はこの金貨《きんか》をもとの石炭にしようという。ぼくたちはまたしたくないという。それじゃいつまでたったところで、議論《ぎろん》が干《ひ》ないのはあたりまえだろう。そこでぼくが思うには、この金貨をもとでにして、君がぼくたちとかるたをするのだ。そうしてもし君が勝ったなら、石炭にするともなににするとも、自由に君がしまつするがいい。が、もしぼくたちが勝ったなら、金貨のままぼくたちへわたしたまえ。そうすればおたがいのもうしぶんもたって、しごくまんぞくだろうじゃないか。」

それでもわたくしはまだ首をふって、よういにそのもうしだしに賛成《さんせい》しようとはしませんでした。ところがその友人は、いよいよあざけるようなえみをうかべながら、わたくしとテーブルの上の金貨とをずるそうにじろじろ見くらべて、

「君がぼくたちとかるたをしないのは、つまりその金貨《きんか》をぼくたちに取られたくないと思うからだろう。それなら魔術《まじゅつ》を使うために、欲心《よくしん》をすてたとかなんとかいう、せっかくの君の決心もあやしくなってくるわけじゃないか。」

「いや、なにもぼくは、この金貨がおしいから石炭にするのじゃない。」

「それならかるたをやりたまえな。」

何度もこういうおし問答をくりかえしたあとで、とうとうわたくしはその友人のことばどおり、テーブルの上の金貨をもとでに、どうしてもかるたをたたかわせなければならない羽目《はめ》に立ちいたりました。もちろん友人たちはみな大喜びで、すぐにトランプを一組取りよせると部屋のかたすみにあるかるたづくえをかこみながら、まだためらいがちなわたくしをはやくはやくとせきたてるのです。

ですからわたくしもしかたなく、しばらくのあいだは友人たちを相手に、いやいやかるたをしていました。が、どういうものか、その夜にかぎって、ふだんはかくべつかるたじょうずでもないわたくしが、うそのようにどんどん勝つのです。するとまたみょうなもので、はじめは気のりもしなかったのが、だんだんおもしろくなりはじめて、ものの十分とたたないうちに、いつかわたくしはいっさいをわすれて、ねっしんにかるたをひきはじめました。

友人たちは、もとよりわたくしから、あの金貨《きんか》をのこらずまきあげるつもりで、わざわざかるたをはじめたのですから、こうなるとみなあせりにあせって、ほとんど血相《けっそう》さえかわるかと思うほど、むちゅうになって勝負をあらそいだしました。が、いくら友人たちが、やっきとなっても、わたくしは一度も負けないばかりか、とうとうしまいには、あの金貨とほぼおなじほどの金高《きんだか》だけ、わたくしのほうが勝ってしまったじゃありませんか。するとさっきの、人のわるい友人が、まるで、気ちがいのようないきおいで、わたくしのまえに、札《ふだ》をつきつけながら、

「さあ、ひきたまえ。ぼくはぼくの財産《ざいさん》をすっかりかける。地面も、家作《かさく》も、馬も、自動車も、一つのこらずかけてしまう。そのかわり君はあの金貨のほかに、いままで君が勝った金をことごとくかけるのだ。さあ、ひきたまえ。」

わたくしはこのせつなに欲《よく》がでました。テーブルの上につんである、山のような金貨ばかりか、せっかくわたくしが勝った金さえ、こんど運わるく負けたが最後、みな相手の友人に取られてしまわなければなりません。のみならずこの勝負に勝ちさえすれば、わたくしはむこうの全財産《ぜんざいさん》を一度に手へ入れることができるのです。こんなときに使わなければ、どこに魔術《まじゅつ》など

を教わった、苦心のかいがあるのでしょう。そう思うとわたくしは矢もたてもたまらなくなって、そっと魔《ま》術《じゅつ》を使いながら、決《けっ》闘《とう》でもするようないきおいで、

「よろしい。まず君からひきたまえ。」

「九」

「王様《キング》」

わたくしは勝ちほこった声をあげながら、まっ青になった相手の目のまえへ、ひきあてた札《ふだ》をだしてみせました。するとふしぎにもそのかるたの王様《キング》が、まるで魂《たましい》がはいったように、かんむりをかぶった頭《かしら》をもたげて、ひょいと札《ふだ》の外へ体をだすと、ぎょうぎよく剣《けん》を持ったまま、にやりと気味のわるい微《び》笑《しょう》をうかべて、

「オバアサン。オバアサン。オ客様ハオカエリニナルソウダカラ、寝《ね》床《どこ》ノシタクハシナクテモイイヨ。」

と、聞きおぼえのある声でいうのです。と思うとどういうわけか、窓《まど》の外に降る雨あしまでが、きゅうにまたあの大森《おおもり》の竹やぶにしぶくような、さびしいざんざ降りの音をたてはじめました。

ふと気がついてあたりを見まわすと、わたくしはまだうす暗い石油ランプの光をあびながら、

まるであのかるたの王様《キング》のような微笑《びしょう》をうかべているミスラ君と、むかいあってすわっていたのです。

わたくしが指のあいだにはさんだ葉巻《はまき》の灰《はい》さえ、やはり落ちずにたまっているところを見ても、わたくしが一月《ひとつき》ばかりたったと思ったのは、ほんの二、三分のあいだに見た夢《ゆめ》だったのにちがいありません。けれどもその二、三分の短いあいだに、わたくしがハッサン・カンの魔術《まじゅつ》の秘法《ひほう》をならう資格《しかく》のない人間だということは、わたくし自身にもミスラ君にも、あきらかになってしまったのです。わたくしははずかしさに頭《かしら》をさげたまま、しばらくは口もきけませんでした。

「わたくしの魔術を使おうと思ったら、まず欲《よく》をすてなければなりません。あなたはそれだけの修業《しゅぎょう》ができていないのです。」

ミスラ君は気のどくそうな目つきをしながら、ふちへ赤く花もようをおりだしたテーブルかけの上にひじをついて、しずかにこうわたくしをたしなめました。

（おわり）

ふえ

小《こ》島《じま》政《まさ》二《じ》郎《ろう》

昔《むかし》、京都に博雅《はくが》というふえふきの名人がいました。天子様《てんしさま》につかえて、三位《さんみ》の位《くらい》をいただいていましたので、人よんで博雅《はくが》の三位《さんみ》といいました。

ある晩《ばん》、この博雅のうちへ、ふくめんをしたどろぼうが四、五人はいりました。その物音にふと目をさました博雅はいそいでふとんから身を起こすと、そっと音のしないように板じきの板をあげて、床下《ゆかした》へもぐりこみました。おくさんや娘《むすめ》さんは、その晩《ばん》しんせきへとまりにいってちょうどるすでした。

どろぼうは、だれも人のいないのをいいことにして、あっちこっちを手あたりしだいにあけちらして、だいじなものをみんな持ちだしていってしまいました。

博雅《はくが》は、どろぼうがいってしまったころを見はからって、床下《ゆかした》からはいだしました。見ると、自分の着物はもちろん、おくさんや娘《むすめ》さんの着物まで、一枚のこらず持っていってしまいました。床《とこ》の間《ま》にかけておいたかけものもありません。しまっておいたお金もありません。

「ははは……。よくこれだけきれいに持ってゆけたものだ。」

かなしむかと思いのほか、博雅はこういって大口をあけてわらいだしました。

「なあに、かまわない。なまじっか、ものを持っているからわるいのだ。持ってさえいなければ、取ろうといったって取られるものじゃあない。人間はなんにも持っていないのがいいのだ。

――どれあけがたまでもう一眠《ひとねむ》りしようか。」

こういって、博雅はほうぼうを見てまわったのち、また自分の部屋へかえってきて寝床《ねどこ》にはいろうとしました。そしてなにげなくまくらもとの厨子《ずし》だなを見ると、そこにふだんからひじょうにだいじにしていた竹の細ぶえがのこっていました。博雅はそれを見ると、飛びあがって喜びながら、

「ありがたいありがたい。このふえをいっしょに持ってゆかれたものとばかり思っていたのに、

さすがのどろぼうもこれには気がつかなかったものとみえる。これさえあればほかのものはみんななくなってもおしくない。」

こういって、その細ぶえを手に取りあげました。そうすると、きゅうに口へあててふいてみたくなりました。そこで博雅《はくが》は立ちあがって、庭にむかった雨戸をあけはなすと、しずかにふえをふきはじめました。そとは青い月夜でした。

博雅は自分のふくふえの音《ね》に聞きほれて、およそ二、三十分もむちゅうになってふいていましたろうか、うしろでなぜか人のいる気配《けはい》がしたので、きゅうにふえをやめてふりかえってみました。見ると、そこに見知らぬ男が一人、たたみに両手をついてひかえていました。博雅はギョッとしていずまいを正しました。そのようすに、相手の見知らぬ男は、心持ちうしろへひざをいずらしながら、うやうやしく博雅にむかって一礼しました。そして、

「さぞおおどろきになったこととぞんじます。わたくしはさきほどこちらをあらしてまいったどろぼうでございます。」といいました。

「どろぼう……。」と、博雅は思わず、おどろきの声をあげました。

「はい、どろぼうでございます。そのどろぼうが、じつはこうしておわびにあがったのでござ

います。」

こういって、そのどろぼうだという男ははじめて顔をあげました。見ると、顔じゅう目と鼻と口だけをのこして、あとは一面ひげむじゃらな、見るからものすごい男でした。

「こうもうしただけではおわかりになりますまいが、じつはさきほどどなたもいらっしゃらないのをさいわい、ほしいもののありたけを、みんな手下四人といっしょに持ちだしてゆきました。そして車に乗せて自分の住みかへ持ってまいろうと、一丁《ちょう》ほどもひきだしたころでございましたろうか、ふいにうしろのほうでなんともいえないいいふえの音《ね》が聞こえました。はじめはなんの気もなく聞いておりましたが、そのうちに、だんだんそのふえの音にひきつけられて、しまいには、一歩もまえへすすめなくなりました。

「それで、じいっと耳をすまして聞きいっているうちに、いままでしてきた自分のわるいおこないが、あなたのおふきになるその清いふえの音にたいしてはずかしくなってまいりました。いままで眠《ねむ》っていた良心が、先生のふえの音によびおこされたのでございます。そう気がつくと、わたくしは矢《や》もたてもたまらなくなりました。子分のとめるのもきかずに、むちゅうになって先生のお宅《たく》のまえまでかけもどりました。そして案内もこわずに、こうしてここまではい

ってきてしまいました。

「先生、どうかわたくしのいままでしてきた罪《つみ》をおゆるしください。そしてあらためて弟子《でし》の一人におくわえになって、ふえの一手《ひとて》でもお教えください。お願いでございます。」

こういって、そのどろぼうだと名のる男は、真心を顔にあらわしてたのみました。博雅《はくが》は、その心根に感じました。そこで、さっそく罪をゆるして弟子の一人にしてやりました。ところがおぼえのはやいことといったら、あとから弟子になったくせに、ほかの弟子たちをおいぬいて、またたくうちに上達《じょうたつ》をしてゆきました。そして四、五年うちには、博雅の数ある門弟《もんてい》のなかでも、五本の指におられるくらいのじょうずになりました。七年目には一ばん弟子《でし》になりました。十年たつうちには、もうおししょうさんの博雅も、教える曲譜《きょくふ》がなくなってしまったほどでした。用光《もちみつ》というのが、この人の名でした。

ある年、用光は用があってきょうの土佐《とさ》へかえりました。そのかえり道に、船で淡路島《あわじしま》の沖《おき》へさしかかったとき、海賊船《かいぞくせん》におそわれました。用光は、いま殺されようとするときになって、海賊の頭《かしら》をよんで、

「わしはじつはふえふきだが、一生のなごりにふえを一曲ふき終わるまで、殺すのを待ってく

れまいか。」とたのみました。

「よろしい。」と頭《かしら》はいってゆるしてくれました。そこで用光《もちみつ》は、心しずかに、自分のすきな短い曲《きょく》をふきはじめました。すると、ふしぎなことに、いままでギラギラ光る太刀《たち》をひきぬいてひかえていた海賊《かいぞく》の頭が、その刀をさやにおさめるとどうじに、そこへしゃがんで首をたれて聞きほれてしまいました。そして用光が一曲ふき終わるのを待って、

「先生、あなたほどの名人を殺してしまうのはもったいない。どうぞこのまま船に乗っていてください。」といって、そのまま用光を難波《なにわ》の津《つ》（いまの大阪）までおくってきてくれました。

あとで用光は、このことを先生の博雅《はくが》に話したところが、先生は、

「そうか、おまえの腕まえも名人の域《いき》にたっしたわい。」といって、たいそうほめてくださいました。

のちに、用光は、ししょうの博雅にかわって朝廷《ちょうてい》につかえて、長くその名をのちの代《よ》にまでのこしました。


（おわり）

遠い景色《けしき》 ―― 与《よ》田《だ》準《じゅん》一《いち》

ひとつ、かなかな、
遠い――
声。
風とボールは
消えました。

夕日のこった、
遠い――
草。
赤い帽子《ぼうし》も
消えました。
ネットラインの、
遠い――
白、
土にさみしく
残ります。

清《せい》造《ぞう》と沼《ぬま》

宮島資夫《みやじますけお》

一

清造《せいぞう》はその朝になって、やっとにぎやかな町にでました。それは、清造の生まれた山おくの村をでてから、もう九日目くらいのことでした。それまでにも、小さな町や村は通ったことがありましたが、これほどにぎやかな町にでたのははじめてです。町の両側《りょうがわ》には新しい家がならんでいました。そうしてそれらの店には、うまそうなお菓子《かし》だの、おもちゃのようにきれいなかんづめだの、赤や青のレッテルをはったびんなどが、みがきたてたガラスの中にかざってありました。

すきとおるような、冬の朝の日の光に、それらの店やびんやお菓子《かし》が、美しく光っていました。店のまえに立てた、赤地に白くそめだした長い旗が、氷をふくんだような朝の風に、はたはたと寒そうになっていました。

ほんとうは、それはまだ、東京の郊外《こうがい》の、ちょっとした新開地《しんかいち》にしかすぎませんでした。けれども、いままで山の中にばっかり育って、あまり町を見たことのない清造《せいぞう》の目には、それがどんなに美しくうつったことでしょう。清造はすっかりおどろきました。そうしてこの町を引いていく、馬力や牛車がどんなに長くつづいているのだろう。こんなにたくさんの車や人が、どこからこうしてでてくるのだろう。——おまけにそのあいだを、自動車が、ブーッ、ブッと、すさまじい音をたてて、新開地のでこぼこ道を、がたがたゆれながら、いきおいよく走っていきます。清造はまったくびっくりしてしまいました。

しかし、これでやっと東京へついたのだ、と思うと彼《かれ》はやはりうれしくなりました。どんなにまずしい人でも、東京へさえいけば、なにか働く道もあるし、りっぱになれるということを村の人たちから聞かされていたからです。けれどもそうして働くには、どこへいって、どんな人にたのんだらいいのか清造《せいぞう》にはわかりませんでした。

町の両側《りょうがわ》の店をのぞきながら歩いても、それらの店の人たちはみんな、朝のかざりつけにせわしそうに働いていました。ぼろぼろによごれた、きたない着物を着ている、ちっぽけな子どもなんかに目もくれる人はありません。それほどみんなはせわしかったのです。往来《おうらい》には冷たい風がふいているし、いまはもう暮れの売出しの時節《じせつ》です。

清造はだまってぼつぼつ歩いていました。お腹《なか》もぺこぺこにへっていましたが、なにか買って食べるお金なんか一文《もん》も持っていなかったのです。めしやののれんの中からは、みそしるやご飯《はん》の香りがうえきった清造の鼻さきに、しみつくようににおってきました。しかし清造は、ぺこぺこにへこんだお腹《なか》をそっとおさえてかなしそうにゆきすぎるよりほかにしかたがありませんでした。

このにぎやかな町にはいってから、五、六町《ちょう》歩くうちに、清造はどこの店も、自分にはまるで用のないものだということを、小さな頭にさとりました。唐物屋《とうぶつや》だの呉服店《ごふくみせ》などに、どんなにきれいなものがかざってあっても、いまの清造にはなんの興味《きょうみ》もありません。金物屋《かなものや》や桶屋《おけや》はそれいじょうに用のないものでした。といって、あのうまそうなお菓子《かし》だの、にしめだののならべてある店のまえに立つと、ただ苦しくなってくるばかりです。

「どこにもおれには用はねえだ。」彼《かれ》はそう思うと、このにぎやかな町が、にわかにさびしいものになってしまったように感じました。そうして、きのうまで歩いてきた、林だの畑ばかりつづいたいなか道が、かえってこいしくなってきました。そこでも彼はむろん、うえつかれて歩いていました。しかし、お腹《なか》がへって、からだがつかれてふらふらしてくると、清造はどこか道ばたの木の根でも、お堂《どう》の縁《えん》にでも腰《こし》をおろして、ごろりと横になるのでした。そうしてふっと目をつぶると、頭の中がしいんとして、いつもおなじように、自分がいままで遊んでいた、村のはずれにある、あの大きな沼《ぬま》が目のまえにうかんできました。

清造はその古びたさびしい沼のふちに、たった一人で遊んでいました。沼にはあしやよしの黄色いくきがかれて重なりあっているところや、青黒い水が、どんよりとふかくよどんでいるような場所がありました。水鳥がむれて泳いでいるときも、あめんぼがいきおいよく走っているときもありました。しかし清造には、この沼のあたりが、いちばんしずかでだれにもいじめられずに遊んでいられる場所だったのです。

清造はさびしくなると立ちよって、沼に石をなげこみました。するとやがて大きなあわが一

つぽっくりとうかんで、ぼっと消えるとあとからまた、小さなあわが、ぶくぶくと、たくさんうかんできます。これはなんだか、沼《ぬま》が清造《せいぞう》に、話をでもするように思われました。だから清造は、沼のふちに遊びにきてかえるときには、かならず石を一つなげこんであわがすっかりうかびきるまでながめてから、自分の家にかえるのでした。

　ことしの夏、この山おくの小さな村にわるい病気がはやったとき、清造の両親は一時に病気のためになくなりました。まだやっと、十三になったばかりの清造はかなしみとさびしさのなかにとほうにくれてしまいました。

秋になって、百姓《ひゃくしょう》仕事《しごと》が、すこしせわしくなってから、清造《せいぞう》は、近所の家に手つだいにいって食べさせてもらっていました。しかし、この村はどの家も、どの家もまったくまずしい暮らしをしているので、どこでも清造一人をよけいにやしなっておけるような家はなかったのです。

「おまえのような人間は、いまのうちに東京さいってなにかしたらいいだ。気立てもすなおだから、どこさでもおいてくれべえ。こんな村に子ども一人して暮らしていたってしようがない。はやくいくがいいよ。」

秋のかりいれがすんで、手つだい仕事がなくなると、村の人たちはだれも清造にこういうのでした。清造はそれを聞くとかなしくなって、沼《ぬま》のふちへ来て泣《な》いていました。そうしてこんどは、石を二度、沼の中になげこみました。ゆっくりとあいだをおいて、はじめのあわが消えてしまうとまたなげるのです。そのあわをじっと見てると、死んでいった父と母が、あわの中から、なにかささやくように思われました。

清造が毎日、沼のふちに来てぼんやりして暮らしているので村の人もとうとうかまわなくなりました。食べられなくなった清造は、ついに村をでなければならなくなったのです。そうして彼《かれ》は、道を歩いてつかれてくると、横になって目をつぶりました。さびしい沼《ぬま》が、ふっとうかんで、二つのあわがうかんで消えるのがはっきり見えました。それを見ると、彼はふしぎに元気を回復《かいふく》するのでした。

二

お昼近くまで、清造《せいぞう》は、長い町を歩きました。町はずれのむこうのほうに、汽車の通る土手の見えるへんまで来ると、その町はすこしさびれてきました。清造はぺこぺこにへったお腹《なか》をかかえて、もう目がまわりそうにだるいのをこらえながら歩いてくると、ふと道の片がわに、いろいろな絵のかかっている店がありました。それは正月を目の前にひかえて、せわしくなった凧屋《たこや》でした。凧屋の主人は、店の中に一人すわってはり上げた凧《たこ》に糸目をつけたり、骨組《ほねぐみ》をなおしたりして働いていました。

清造はもうつかれきってしまったので、凧屋のまえに立って、凧の絵を見るようにして休んでいました。ろうをぬったひげだるまの目は、むこうのすみでぴかぴか光っているし、素盞男《すさのおの》尊《みこと》は刀をぬいて八頭のだいじゃを切っていました。自来也《じらいや》や、同心格子《どうしんこうし》や、浪《なみ》に月は、いせいよく、店の上にぶらさがってふわふわ動いていました。清造《せいぞう》はそんな凧《たこ》を見たのは、はじめてでした。

凧屋《たこや》のおやじさんは、ただせわしそうに下をむいて熱心に糸目をつけているので、清造もおびえずに、店まえに近よって、じっと店の中のいろいろな絵をながめまわしました。くるくると目のまわるようにできている、三番叟《さんばそう》の凧がありました。店の中に風がふきこんでくるとたんに、三番叟《さんばそう》の目がくるりと一つまわりました。清造は、

「あっ」といっておどろいて目をつぶると、いきなりまた、れいの沼《ぬま》が目のまえにうかんできたのです。そうして、大きな大きなあわが一つ、ぽかりとうかびあがったのを見たと思うと、清造にはなんにもわからなくなってしまいました。

「こぞうどうしたんだ。しっかりしろよ。」遠いところでよんでいるのが、だんだん近くなってきて、太い声が耳のそばでひびくのを聞いたときに、清造は、はっとわれにかえりました。気がついてみると、それは凧屋の店のうらでした。台所のわきのせまい部屋にあおむけに寝かされて、まくらもとには、さっき店で見たおやじさんがすわっていて、そのうしろには赤んぼうをおぶったおかみさんが、立っていました。

「どうした、気がついたか。」ひげのすこしのびたおやじさんがわらいながら聞きました。清造《せいぞう》にはなんのことだかわからないので、やっと体を起こしながら、あたりをきょろきょろ見まわしました。

「はは、おどろいているな。おまえはな、さっき店のまえに立って、凧《たこ》の絵を見ているうちに、うーんといってぶったおれてしまったんだ。それでおれがおどろいて、あわててここへかつぎこんで、かいほうしてやったんだ。どうした。どこか体でもわるいのか。」おやじさんは、顔のこわいわりあいにやさしい声をだして聞きました。

「ううむ。」清造はやっと顔を横にふりました。

「ははあ、それじゃあ腹がへったんだな、え、おい、そうだろう。」おやじさんはまた聞きなおしました。清造はしばらくだまって下をむいていましたが、

「え、おい、そうだろう。」とまたいわれたとき、

「うむ。」と思わずうなずきました。

「かわいそうじゃないか、こんなちびが腹がへってたおれるなんて。」と、おやじさんは、おかみさんのほうをむきながら、

「なにか食わしてやりな。なあに、わるいことをするやつなら、ひもじくなってたおれなんかしやあしねえ。はやくなにか食わせてやれ。」といいました。

まもなく、暖かいおつけとご飯《はん》をおかみさんが持ってきてくれました。清造《せいぞう》は、何日目かというより、もういく月目かで、そんなに暖かい湯気の立つ、おつけのおわんを手にしたのでした。ご飯がすむと清造は店に来て、糸目をつけているおやじさんのまえにすわっていました。

おやじさんは、下をむいて手を動かしながら、清造にいろいろなことを聞きました。

「ふふん、それでおまえは東京にでてきて、どこにもたよる人はないのか。」と、最後に聞かれたとき、

「だれもねえだ。」と清造は答えました。そのとき、彼《かれ》の頭には、けさがた通った町の店の人たちが、せわしそうに働くだけで、自分なんかには目もくれなかったことをふと思いだしました。

「東京って、そんななまやさしいとこじゃないよ。みんなぶったおしっこをして暮らしているんだ。しかし、おまえみたいにかえる家もなくっちゃこまっちまう。しかたがない、わしの家もとうぶんはまだせわしいから手つだってていな。そのうち、どこかへこぞうにでもいったらいいだろう。」おやじさんは親切にいってくれました。

三

清造《せいぞう》はその日から、小さな凧屋《たこや》のこぞうになりました。おやじさんは親切ないい人でした。夜になって夜なべ仕事などをしているときには、いろいろ昔《むかし》のおもしろい話などを聞かせてくれました。そうして、町の中に、こんなに電信柱《でんしんばしら》やなにかが立たなかった時分《じぶん》には、東京でも、どんなに大きな凧《たこ》をあげたかを話したりして、

「しかしもう、これから凧屋はだめだ。おまえなんかもなにかいい、すきなことを考えたほうがいいよ。」といいました。それを聞くと清造は、いつもかなしくなりました。東京の市中へ使いにいって、あのものすごいざっとうにであうと、彼《かれ》は自分をどうしていいかわからないのにこの親切なおやじさんと別れるようになるのがいやだったのです。おかみさんもいい人でした。しかし、まずしい暮らしをしている人は、ときどき自分でも思いがけないように腹《はら》をたてるものです。おかみさんにもそんなくせがありました。清造はかんではきだすような小言《こごと》をいわれると、店のすみで泣《な》いていました。そういうとき、だまってじっと目をつぶると、いつもあの沼《ぬま》と、沼にうかぶあわがかならず目のまえにうかんできました。

お正月がすぎると、凧屋《たこや》では五月のぼりのこいやなにかをつくりはじめました。そうして五月もすむとこんどはうちわやせんすをつくりはじめたのです。その時分《じぶん》うちわの絵には、お庭の池に築山《つきやま》があったり、ほたるが飛んでいたりするのがたくさんありました。清造《せいぞう》はそういう絵をはっていると、いつでもあの沼《ぬま》のことを思い出しました。そこで、彼《かれ》はじっと目をつぶると、沼にはあわがうかんでできます。あしの葉のかれてるときもありました。はすの花のさいているときもあるし、ほたるの飛んだ晩《ばん》もあったし、氷の上に雪のつもっているときもありました。

あるとき、清造《せいぞう》は、はりそこなったうちわのうらに、あしのかれた沼《ぬま》のおもてに、大きなあわのうかんだ絵をかいてみました。それはまったく、子どものかいたむじゃきな絵でした。けれどもおやじさんはそれを見ると、「うまい、感心だ。」といって、喜びました。そうして、「もう一枚《まい》かいてみろ。」とこんどは新しいせんすをくれました。清造はしばらく目をつぶってから、青黒くよどんだ水の上に、大きなあわが二つぽかりとうかんだところをかきました。

「おまえはいまにきっと名人になれる。おれが先生にたのんでやる。」

おやじさんは自分の子のことのように喜びました。そうして、おやじさんのひいきになっている、えらい絵の先生のところに、清造をつれていきました。その先生は、凧屋《たこや》に凧《たこ》をはらせて、自分でそれに絵をかいてやるのを楽しみにしている人でした。だから、おやじさんのいうことをすぐに聞いて、自分の弟子《でし》にしました。

四

それから十何年かたちました。ある日、清造が石をなげた沼のふちにりっぱな青年が立って、じっと水のおもてをながめていました。青年はやがて石を一つとってなげました。やがて大きなあわがぽかりと一つうかびました。それからつづいて小さなあわがぶくぶくとたちました。しばらくたって青年はまた石をなげました。あわはさっきとおなじようにたちました。

青年はいうまでもなく清造《せいぞう》でした。彼《かれ》は「沼《ぬま》」という題の絵を展覧会《てんらんかい》にだして、いちやくして有数な画家となりました。

清造の先生も、疳屋《たこや》の老人もそれをどんなに喜んだことでしたろう。しかし、清造はそのときの喜びより、いまここにこうしてきて、沼のおもてにうかんだ昔《むかし》のとおりのあわを見たときのほうが、はるかに強くうれしかったのです。

そこには彼の父も母もいるし、そうして彼はなにか知れない力をあたえてくれるものもあるような気がしたからです。

（おわり）

さざんかのかげ

福井《ふくい》研介《けんすけ》

さざんかのかげよ、
葉かげよ、
ぼくは知ってる、
こっそりと
弟がいる。

さざんかのかげよ、
木《こ》かげよ、
おつかいも
遊びわすれた
弟がいる。

さざんかのかげの
こちらよ、
知らぬふり、
ぼくはそっぽよ。

祖《そ》母《ぼ》

楠山正雄《くすやままさお》

一　青めがね

一雄《かずお》は小学校へいくようになって、やっと一月《ひとつき》たつかたたないうちに、ふと眼病《がんびょう》をわずらって、学校を休まなければならなくなりました。

それから毎日、一雄はお医者さまからくれた青いめがねをかけて、おばあさんと二人――まだ電車のない時分《じぶん》でしたから――合乗《あいのり》の人力《じんりき》で、眼科《がんか》の病院へ通いました。

「食べものに気をつけてあげてください。この子の目はだいたい胃腸《いちょう》のわるいせいなのだから。」

お医者さまはこうおばあさんにいいました。

「白い身の魚ぐらいに、なるべくおかゆがよろしい。」
二、三日はおかゆもめずらしかったし、おばあさんが三度三度小さなおなべでにてくれるはんぺんやおいもがどんなにおいしかったでしょう。青いめがねをかけて食べると、なにもかも青く青く見えました。
「青いな、青いな、なにを食べても青いや。」

一雄《かずお》はおもしろがって、おぜんの上をはしでツッつきまわしていました。ちょうど梅雨《つゆ》の時分《じぶん》で、お天気のわるい日がよくつづきました。そのうち毎日雨ばかり降るようになりました。

一雄の気分がだんだん重苦しくなって、目のおくがしくしくいたむ日がつづきました。青いめがねでなにかを見るのが、うっとうしく、じれったくって、かなしくなるほどふゆかいでした。

食べ物にすききらいをいう、というよりは、あれもいや、これもいや、のべつに「いや、いや」とばかり、一雄はいいつづけていました。

「ぼく、なんでも青くって食べてもうまくないんだもの。」

「じゃあご膳《ぜん》のときだけめがねをおとり。」とおばあさんはいいました。

めがねをとっても、しばらくはやはりなにかが青く見えました。やっと白い光になれると、こんどはまぶしくって、目にしみるようなはげしいいたみを感じました。

「やはりめがねをかけなければだめなんだよ、おばあさん。」

あんまり一雄《かずお》がなにも食べないので、おばあさんは心配して、せとものやから小さなせとものたまごやきなべを買ってきました。

このおなべの形がたいへん一雄を喜ばせました。

「これなんにするの、おばあさん。」

「たまごを焼くのだよ。」

「こんなもので焼くの、おもしろいなあ。」

「これでたまご焼きをこしらえてあげるが、食べるかい。」

「ああ。」

いつもになく一雄が食べたそうなようすをしているので、おばあさんはどんなに喜んだでし

よう。

その日の夕方、一雄《かずお》が茶の間のすみっこで、いつまでかかってもほんとうにできない積木細工《つみきざいく》のお家をたてたり、こわしたりしているまに、おばあさんはせっせとたまご焼きのしたくにかかっていました。

あかりがついて、お膳《ぜん》がでると新調のかわいらしいたまご焼きのおなべが、一雄の小さなお膳《ぜん》の上に乗っていました。

「ほら、あけてごらん、それはおいしそうにできたから。」

一雄がせとものふたをあけると、ぷんとやわらかなすこしこげくさい、うまそうなにおいがたちました。

「まだ熱いかしら。」

こういいながら、めずらしくにっこりして、一雄はたまご焼きのなかにはしをつッこみました。

おばあさんもにこにこしながら、

「ああ、ゆっくり、たんとおあがりよ。」といいました。

でも一口、たまご焼きを口にほおばると、一雄《かずお》はきゅうにいやな顔をして、すぐはきだしてしまいました。

「ああ、くさい、ぼくいやだこれ、お酒くさいから。」

一雄は泣《な》きだしそうな顔をしていました。

「およし、およし。いやならあげないから。」

おばあさんはこういって、いきなりたまご焼きのおなべをとりあげて、中身をそっくりお庭に投げすててしまいました。ちょうど通りかかったポチが見つけてみんな食べてしまいました。

なぜおばあさんがこんなにおこったのか、一雄にはわかりませんでした。おばあさんもなぜそんなに腹《はら》がたつのか、自分でもわかりませんでした。

二人はおたがいにがっかりして、気のどくになって、このおばあさんと、まごとは、べつべつの心持ちでしくしく泣《な》きだしました。

二人の半日楽しみにして待ちもうけた晩《ばん》ご飯《はん》はめちゃめちゃになりました。

おばあさんはお酒のすきな人でした。せっかくまごの口をうまくしようと思って入れた幾滴《いくてき》かのお酒が、まるっきり予期《よき》しない反対の結果《けっか》をうんだのでした。それを知って、一雄はよけいかなしくなりました。

二　花ガルタ

一雄《かずお》の家に奉公《ほうこう》していたこぞうで、器用《きよう》に絵をかく子がありました。

ある日この子は大きな鳥の子の紙をどこからか買ってきて、きれいにボール紙にはりつけて、四十八にわった細いけいをたてよこに引いて、その一つ一つの目に、十二ヶ月の花や木のこまかい絵をじょうずにかきはじめました。

一雄はどんなにそれがほしかったでしょう。

「貞吉《ていきち》、貞吉、できたらおくれ、ね。」

貞吉というのは、こぞうの名でした。

「でもこれはまだほんとうにできあがっていないんですからね、すっかりできあがったらあげましょう。」

「だっていつのことだか知れないじゃないか、いいからそれをおくれよ。」

「だめですよ、まだ彩色《さいしき》もしてないし……。」

「いいよ、彩色《さいしき》なんかぼく自分でするから。」

「そんなわがままをおっしゃってはいけません。あなたに彩色ができるものですか。」

「できらい、できらい。おくれってばよう。」

貞吉《ていきち》はそれでも手ばなそうとはしませんでした。かきのこした桜の花や、鳥の羽《はね》の手入れにむちゅうになっていました。一雄《かずお》は、とてもだめだと思うと、おどかしのつもりでしくしく泣《な》きだしました。そのうちほんとうにかなしくなって、おいおい泣きながらお茶の間へかけこんでいきました。

「どうしたの。」

おばあさんはもう目の色をかえていました。

「貞吉が、貞吉が……くれないんだ。」

貞吉は茶の間へよばれて、さんざんしかられて、わけはなしに、丹精《たんせい》した花ガルタの絵を、半できのまま取りあげられてしまいました。美しくえがかれたうめやぼたんやきくやもみじの花ガルタは、その晩《ばん》から一雄の六色《いろ》の色鉛筆《いろえんぴつ》でおしげもなくいろどられてしまいました。

あくる日の朝、赤や青や黄にみにくくぬりつぶされて見るかげもなくなっている貞吉の花ガルタは、もう一度一雄《かずお》のはさみでめちゃめちゃに切りこまざかれて、えんがわから庭に落ちちっていました。

「まあこんなに紙くずをおだしになって、ぼっちゃんはいけませんね。」

その昼すぎ、女中の清《きよ》はぶつぶついいながら、はきだしていました。たった一枚松《まい》につるの絵のカルタが、えんさきの飛び石の下にはさまったまま、そののちしばらく、雨風にさらされていました。一雄はその日からもう花ガルタのことを思い出しませんでした。

十日ばかりあとのことでした。一雄はえんさきで遊んでいるうちふと見る気もなしに石のあいだにはさまって、皮がはげてボール紙ばかりになっているカルタを一枚見つけました。きゅうに花ガルタがおしくなってきました。

貞吉《ていきち》はおこっているにちがいない、貞吉にわるかった、一雄はそう思ってなんだかかなしくなりました。

（おわり）

休み日の算用数字

相馬《そうま》泰三《たいぞう》

このお話のなかで、のみこみにくいところがあったら、おしまいに書いてある説明をごらんください。

一

あるお休みの日の午後、公園のなみき道を算用数字の1がぶらぶら歩いていました。したておろしの洋服を着て、最近流行のぼうしをかぶり、ピカピカみがきたてたくつをはき、細身のステッキをふりまわしながらなまいきそうにまき煙草《たばこ》をくわえていました。すると、おなじ道をむこうから、これもしたておろしの洋服を着て、最近流行のぼうしをかぶり、ピカピカみがきたてたくつをはいた算用数字の2がやってきました。2はステッキのかわりに小型の写真機をぶらさげ、まき煙草《たばこ》をふかすかわりに、気がるそうに、口ぶえをならしていました。

であうと、両方からおなじように「やあ。」「やあ。」と声をかけあいました。

「どこへいくんだ?」と、1がたずねました。

「べつにあてもないんだがね、あんまりいいお天気なもんだから、つい、ふらふらとでかけてきたようなわけさ。」と、2が答えました。

「そうか、それはちょうどいいところであったというものだ。じつは、ぼくもその組なんだが、つれがないんで、だれかさそいだしにいこうかなんて考えていたところだったのさ。」

そして、二人はなにやらゆかいそうに話しあいながら、ふんすいの池のあるほうへ歩いていきました。

池のまわりには、大勢の人が集まって、池の中のこいや金魚に餌《え》をなげてやったりして遊んでいました。1はそのなかにお友だちがいるのを見つけだして、うれしそうにさけびました。

「あすこに3がいるよ。」

「やあ、4といっしょだ。」と2がつづけていいました。

すると、それを聞きつけてか、むこうでも走るようにしてこっちへやってきました。3と4も、やはりおなじようにしたておろしの洋服を着、新しいぼうしをかぶり、ピカピカみがきたてたくつをはいていました。それに、四人ともせたけがおなじくらいなので、うしろからだとだれがだれだかちょっと見わけがつきません。ただ、めいめいの持ちものがちがっているので、それを目印にしておくほかありません。いいわすれたが、3はかわいらしい小犬を、首にひもをつけて引っぱっていましたし、4はきれいな絵表紙のついた本をまるくつつにまいてこわきにかかえこんでいました。

「まあ、聞いてくれたまえ。」と、3はどうにもがまんがならないといったように、ひどくいきおいこんだ調子でいいました。「ぼくがね、この池のまわりにがちょうが四組いるっていったら、このやっこさんは三組しかいないじゃないかってがんばるんだ。」

すると、4もだまってはいませんでした。

「いく度数えなおしてみたって、三組しかいないものは三組しかいないんだ。それを、その先生はなんでも四組いるっていってぼくにくってかかるんだ。」

「ところで」と、2はふしぎそうに、3と4の顔を等分《とうぶん》に見ながら、「ぼくのかんじょうによると六組いるがね。」といいました。

それを聞いて、3と4は、「なにをでたらめな！」といわぬばかりに、声をそろえてわらいだしました。

「待てよ。」と、1はみんなをだまらせるように両手をひろげ、そして、あにきぶった口調で、しずかにいってきかせました。「君たちのように、そうめいめいかってな数えかたをしていたんではどうにもなりゃしないじゃないか。第一、いく組だなんていってるからめんどうくさくなるんだ。一羽《いちわ》一羽《いちわ》ちゃんとかんじょうしていってみたまえ、そうすればみんなおなじことで、なにもやかましくいいあらそったりなんかしないでもいいことがわかるから。」

二

そこで、2と3と4は池のほうにむきなおり、手の指を一本一本おりまげながら、あらためてがちょうの数をかぞえはじめました。そして、それがすむと、おたがいに顔を見あわせて、てれたようにちょっとあごをしゃくりあげました。（説明の一をごらんなさい）

四人は歩きつかれたので、とあるベンチに腰《こし》をおろして一休みすることにしました。ところが四人でいっしょに腰をかけるのには、ベンチがすこしせますぎたので、はしっこになった1と4とが、

「ぼくは、おしりが半分はみだしているんだぜ。」

「がまんして、もっとつめあってくれたまえ。」

こんなことをいいながら、力まかせにぎゅっと両方からおしました。すると、どうでしょう、とたんに2と3と4の姿《すがた》がいっぺんに消えて、そのかわりに、天から降ってきたか地からわいたか、0という字が1のそばにちょこなんと腰かけていたではありませんか。いったい、どうしたということでしょう？　だが、それは、たぶん、0にたずねたらわかるかもしれません。なぜって、0の手に2と3と4の持ち物がみんなあずけられてありますから。（説明の二をごらんなさい）

1は、そんなことにはなれきっているとみえて、いっこうおどろいたようすもなく、へいきな顔をして、すぱりすぱりとまき煙草《たばこ》をふかしていました。1の口からはきだされたむらさき色の煙《けむり》は「どんなことだっておれには関係がないんだ。」といったように、そばの大きなぎんな

んの木の幹《みき》づたいに、ふーっと上のほうへ消えていってしまいました。
1はたいくつになってきたので、あくびを一つすると立ちあがりました。すると、そのあとから、0が本と写真機を持ち、ひものつけてある小犬をひっぱって、まるでおとものようなかっこうでついていきました。
花壇《かだん》のまわりにある小道をぶらぶらしていると、むこうからやってくる5という算用数字にぱったりであいました。5もみんなとおなじなりをしていたが、持ち物はなく、元気よく調子をつけて思いきり大きく両手をふっていました。

5はかいかつに、「やあ!」といいながら、いきなり1のかたをポンとたたきました。すると、たたかれた本人よりも、あとからついてきた0がびっくりして、ひょいとわきへ飛びのきました。と、ふしぎなことに、いままで姿《すがた》を消していた2と3と4がぞろぞろとそろってあらわれました。そして、そこに半分腰《こし》をぬかしてうろうろしている0の手から、めいめいの持ち物をとりかえしてしまいました。(説明の三をごらんなさい)

みんなはたがいに顔を見あわせ、なにかこそこそいいあったあとで、声をそろえて、はッはッはッはッとわらいだしました。たぶん、彼《かれ》らのあいだに、0だけをおきざりにして、これからコーヒーを飲みにいこうという相談でもまとまったのでしょう。

三

それから一時間ばかりして、5は四人をつれて築山《つきやま》の上へのぼっていきました。5はそこで6、7、8、9の一隊《いったい》と待ちあわせるやくそくがしてあったのです。

こんなにみんながそろうということはめずらしいので、集まったのをさいわい、ひとつ、ゆっくりと夕飯《ゆうはん》でもいっしょに食べて、それからみんなで活動写真でも見にゆこうじゃないかということになりました。ところで、そうなると、めいめいにのぞみがあって、「西洋料理にしよう。」だの、「それよりも支那料理《しなりょうり》のほうがいいじゃないか。」だの、なかには「ぼくは天ぷらが食べたいな。」といいだすものもいて、相談がなかなかまとまりません。

みんなの立っている築山《つきやま》の上から公園の外がわが見おろされるようになっています。そこに大通りがあって、電車がひっきりなしにいったり来たりしています。その電車の番号を、さっきから一つ一つねっしんに読みつづけていた9が、きゅうになにかいいことを思いついたというように、自分のひざを一つポンとたたきました。そして、それから、みんなのほうをむいて、大きな声でいいました。

「みんなやってきたまえよ、いいことがあるから。」

そこで、その9のいいことというのは、下を通っている電車を、みんなでいっせいに数えだして、五十台のうちに、その番号のおしまいの数字で自分とおなじのがいくつあるか、それをめいめいで調べる。そして、その数の一番多い人が指揮者《しきしゃ》になって、きょう一日じゅうのことはなんでも自分の思うとおりにどんどんきめていく。——こういうわけなのです。

「それはおもしろい。」といって、みんながそれに賛成《さんせい》しました。

「それではいいかね、むこうからやってくる満員《まんいん》のボギー車からはじめるんだよ。」と、9がいいましたので、みんなは、「よろしい。」と、手をたたいてさわぎたてました。

そのさいしょのボギー車の横腹《よこばら》には1583と書いてあったので、3は自分の手の指を一本おりまげ、「万才!」といって飛びあがりました。そのつぎが927で7、そのまたつぎが2051で1、……そして五十台数えましたところ、けっきょく、1でおしまいになる番号のが五台、2が八台、3が七台、4と8が二台ずつ、5と9が三台ずつ、6が九台、7が四台というので、一番多かった6がみんなの指揮者《しきしゃ》におされることになりました。ところで、みんなのをあわせて四十三台にしかなりませんが、あと七台の電車の番号はいったい、なんの字でおしまいになっていたのでありましたでしょうか?(説明の四をごらんなさい)

それはそうと、そろそろ日が暮れかかってきたので、九人のものは公園の外へでて、そこにつじ待ちをしていた自動車をやとってそれに乗りこみました。自動車の運転手は、一台にそんなに大勢乗れるものでないといってことわりましたが、みんなはそれを聞いて聞かないふりをして、わらいながら、わっしょわっしょと中へつめかけました。運転手はふしぎなことがあればあるものだと思って、のぞきこんでみました。すると、中には4と5とがならんですわって

いるだけで、ほかのものはどこへいってしまったものか、影《かげ》も形も見えませんでした。（説明の五をごらんなさい）

自動車は一マイル半ばかり走って、ある大きな西洋料理屋のまえへとまりました。

さっきはたしかに、4と5の二人きりだったはずなのに、中からおりてきたところを見ると、ちゃんと九人そろっていたので、自動車の運転手は二度びっくりしました。（説明の六）

なんだかうすきみわるくなってきたので、運転手はいちおう、車のなかを調べてみました。すると、まだだれか一人のこってまごまごしているではありませんか。運転手はおこって、

「そこにいるのは、いったい、なにものだ?」と、どなりつけました。

「ぼくは0だ。」

こう答えたが、そのあやしげな男は、つぎの瞬間《しゅんかん》には、もう、どこへどうなったか、煙《けむり》のように消えてなくなってしまいました。

（説明の一）がちょうは、十二羽《わ》いるのです。それを2は2を単位として六組と数え、3は3を単位として四組と数えたのです。つまり2はすべて物が二つなければ一組でないと思い、3は三つなければ一組でないと思っているのです。算術《さんじゅつ》の式でかけば2×6＝3×4＝4×3＝

12となります。

（説明の二）1と2と3と4とをむりに一つにすると10になります。つまり1のとなりへ0が来るわけです。式でかけば1＋2＋3＋4＝10です。

（説明の三）0がびっくりして飛びのきましたから、10が分離《ぶんり》しました。10を分離すれば、説明の二と反対で、1と2と3と4となります。

（説明の四）どんな数でも、その終わりはかならず1か2か3か4か5か6か7か8か9か0かです。ですから、七台の電車の番号は0で終わっていたわけです。これを式にかくと、

50－（5＋8＋7＋2＋2＋3＋3＋9＋4）＝7となります。

（説明の五）1から9までがみなごちゃごちゃとつめたので合計45になったわけです。式にかけば1＋2＋3＋4＋5＋6＋7＋8＋9＝45

（説明の六）まえと反対で45がわかれてでてきましたから、1から9までの数になるのです。

（おわり）

ある日

柴野《しばの》民三《たみぞう》

鮭《さけ》を
焼いてる
におい。
鮭《さけ》が
食べたく
なった。

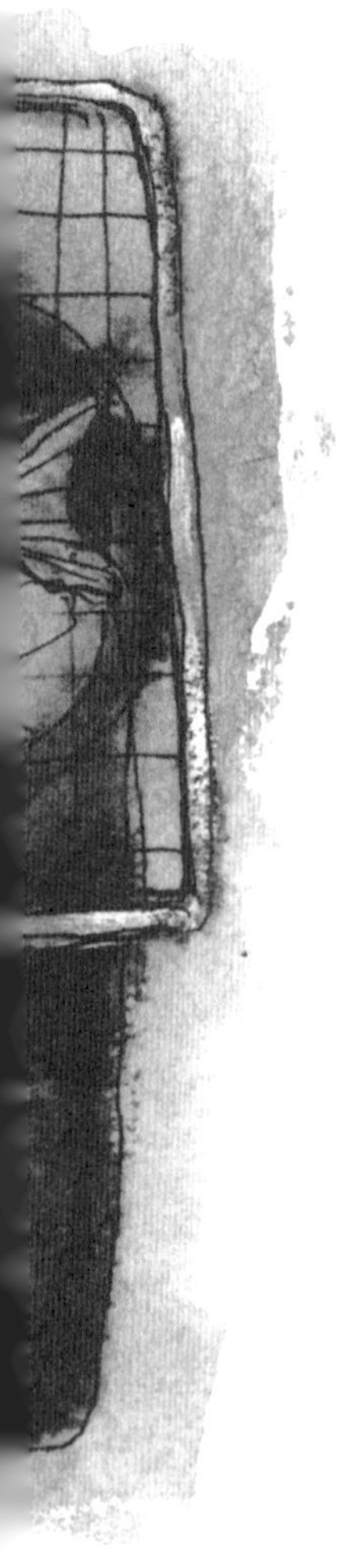

いつか
遠くへ
きてた。

赤い
月夜に
なった。

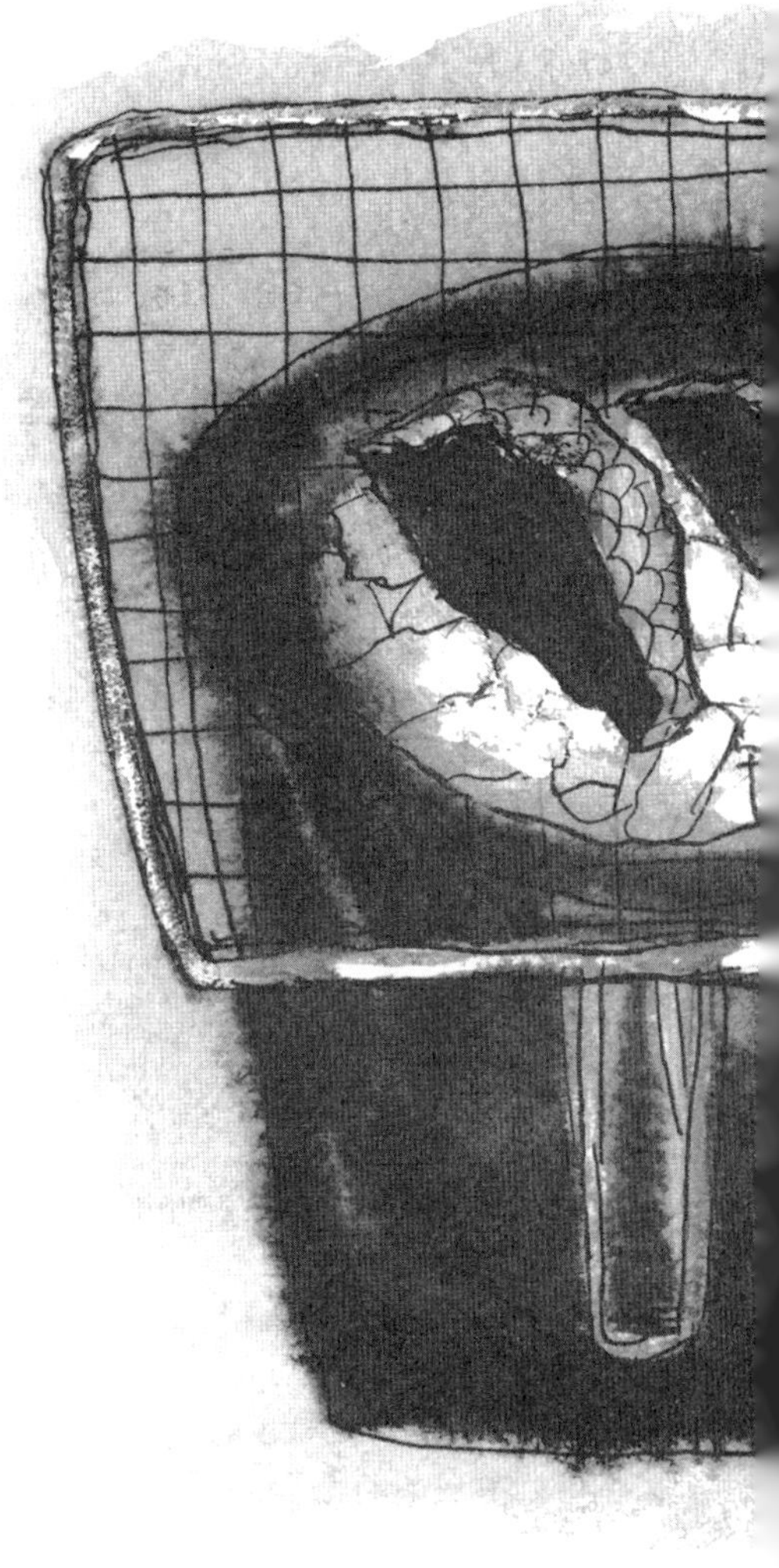

海からきた卵《たまご》

塚原健二郎《つかはらけんじろう》

一

ミルじいさんはまずしい船乗りでした。若《わか》いときからつぎつぎに外国の旅をつづけてきましたので、もういまではたいがいの国は知っているのでした。ところがただ一つ日本を知らなかったのです。いつも、インドを通って支那《しな》へやってくるじいさんの船は、上海《シャンハイ》で用をすますと、そこから故郷《こきょう》のフランスのほうへかえっていってしまうのです。

「日本へいってみたいな。そしたら、もう船乗りをやめてもいい。」

じいさんは長いあいだ、海のむこうにある桜《さくら》のさく小さな島国を、絵のように美しく目にうかべながら、心につぶやくのでした。

このじいさんが、ある日船長から、こんどの航海《こうかい》には日本までいくことになった、と聞かされたときのよろこびようたらありませんでした。

「セルゲイ、おじいさんはね、日本へいくんだよ、日本へ。おまえには、なにをおみやげに買ってきてやろうね。」

じいさんは、その晩《ばん》家へかえると、まごのセルゲイをつかまえて、よっぱらいのようにいくどもいくどもいうのでした。

「ぼく、大将《たいしょう》の着た赤いよろいがほしいなあ、かぶとに龍《りゅう》のとまった。」

セルゲイはいいました。いつか絵本で、日本の大将が、まえだてのついたかぶとひおどしのよろいを着て、戦争にいくいさましい姿《すがた》を見たことがあったからです。

「よし、よし。」

じいさんはにこにこしていいました。

ミルじいさんは、船が長い波の上の旅をつづけているあいだも、毎日のように受け持ちの甲《かん》板《ばん》のそうじをしながら日本の港へついたときのことを考えて、むねをわくわくさせていました。

じいさんの船は、インド、支那《しな》とすぎて、やがてようようのことで日本につきました。

じいさんは、船が神戸《こうべ》や横浜の港にとまっているあいだじゅう、めずらしい日本の町まちを見物するために、背《せ》の高い体をすこしまえこごみにして、せっせと歩きまわりました。そして大きな百貨店《ひゃっかてん》で、首の動くはりこの虎《とら》だとか、くちばしでかねをたたくやまがらだとか、いろんなめずらしいものを買い集めて、持っていたお給金をおおかた使いはたしました。

あるこっとう屋の店先で、セルゲイのいったのにそっくりの、龍《りゅう》のついたかぶとと赤いよろいを見つけだしたのは船が出帆《しゅっぱん》しようとする前の日でした。

「やァ、セルゲイのほしがっているよろいだ。よしよし買っていってやろう。」

じいさんは、さっそく店にはいっていって、船の中でならいだしたばかりのまずい日本語でたずねました。

「これ、いくらですか。」

「百五十円です。」

こっとう屋の主人は、じろりとじいさんのみすぼらしい服を見て、ぶあいそうに答えました。

じいさんは、百五十円と聞いて、がっかりしましたが、それでもねんのため、「すこし、たかいです。」と、ことばをつづりつづりもうしました。

「いくらならよろしいのですか。」

そこで、じいさんは、もういくらもはいっていないがまぐちを調べました。中には十円紙幣《しへい》が二枚《まい》はいっていたきりです。

「二十円に。」

じいさんは一生懸命《いっしょうけんめい》にもうしました。

主人はあまり値段《ねだん》がちがうので、すこし腹《はら》をたてたのでしょう、だまって首をふりました。じいさんはそれを見ると、いまはもうあきらめたように、かなしげなようすで、いくどもこのりっぱなよろいのほうを見い見い、暗くなりかけた表の通りへでていきかけました。

するとあとから、こっとう屋の主人が「もしもし。」とよびとめました。主人は、じいさんがあまりこのよろいに見とれていたものですから、ひどく気のどくになったとみえて、たなの上から、そのよろいにそっくりなのをつけた一尺ばかりの武者人形《むしゃにんぎょう》をおろしてきて、「これならおやすくねがいます。」といいました。

じいさんは、その人形をながめて、なるほどこれはいいと思いました。これならセルゲイも喜ぶだろう、それに船の中に持ちこむのに、小さくって、どんなにらくだかしれない。

まもなくじいさんは、四角な桐《きり》の箱《はこ》にはいった武者人形《むしゃにんぎょう》のつつみをさげて、港のほうへかえっていきました。そして、さも満足そうに、つぶやきました。

「やれやれ、やっとセルゲイとのやくそくをはたすことができた。わしはもう日本も見たし、こんど国へかえったら、これで船乗りはやめよう。」

二

ミルじいさんの船が、インドのさる港へはいったのは、それから十五日目のことでした。じいさんは、はとばに近い酒場《さかば》で、すきな椰子《やし》酒を飲んでいると、そこへ船長がはいってきました。

「じいさん、出帆《しゅっぱん》は今夜の十時だよ。おまえはやくかえって用意をしてくれ。」

船長がもうしました。

「船長さん、きっと、ひどいあらしが来ますよ。さっき燈台のまわりに、鳥がたくさん飛んでいましたからね。」

じいさんは、長年《ながねん》船に乗っていますので、夕方燈台のまわりに鳥が飛んでいたり、犬の毛がしめっていたりすると、きっとあらしの来るということをよく知っているのでした。

「なに、だいじょうぶだよ。外にでてみなさい。とてもたくさんの星がでているから。」

船長はへいきでした。

その晩《ばん》、出帆《しゅっぱん》したミルじいさんの船は、インド洋のまんなかであらしにあい、いつのまにか航路《こうろ》をあやまって、暗礁《あんしょう》に乗りあげてしまったのです。

「ボートをおろせ、ボートをおろせ。」

船長はさけびたてました。かわいそうにミルじいさんは、せっかく日本から買ってきたやまがらもはりこの虎《とら》もすてて、みんなといっしょにボートに乗りうつりましたが、それでもセルゲイとのやくそくの武者人形《むしゃにんぎょう》だけはしっかりかかえていたのです。

つぎの朝ミルじいさんは気がついてみると、海のまんなかにある大きな岩の上にたおれていました。そばにいるのは日ごろなかのいいコックのジムです。

「ミルじいさん、気がついたかね。」

「おやジムさん、ぜんたいどうしたんだね、わしは。ボートがおそろしく高い波の上にほうりあげられたのを知っているが、それからあとは夢《ゆめ》のようだよ。」

ミルじいさんは、ほんとにまだ夢のつづきではないかと、穴《あな》のあくほどジムの顔を見つめました。

「あのときボートがひっくりかえったのさ。そこでおまえさんをかかえて、わしはやっとここまで泳いできたんだよ、のんきだな、ミルじいさんは。」

ジムはわらいだしました。

じいさんは、はじめて、親切なジムのおかげで命びろいをしたのだと知ると、うれしくってなみだがぼろぼろこぼれました。それにしても船の人たちはどうしたろうと、遠い沖《おき》のほうを見ると、船はもうすっかり波につかって、帆柱《ほばしら》だけが青い海の上に見えます。せっかくじいさんが日本から買ってきたやまがらも、武者人形《むしゃにんぎょう》も、みんなきれいに海の底へしずんでしまったのです。それでもじいさんは海にしずんだ船長さんはじめ大勢のなかまたちのことを考えると、武者人形ぐらいなんでもないと思いました。

ミルじいさんとジムは、まず、お日さまに着物をかわかしながら、どうかして沖を通る船を

sho

見つけたいものだなどと、話しあいました。それからお腹《なか》がすいてなりませんでしたから、岩の上をあちらこちらと食べものをさがして歩きました。が、昼ごろまでかかって、やっとかにを二ひきとっただけです。二人が岩のいちばん高いところに腰《こし》かけて、岩かどにかにの甲《こう》をうちつけては、すこしずつ中身を食べていると、ふいに足もとのうゝろの中から、ばたばたと二、三羽《わ》の小鳥が飛びだしました。

「や、ジム、小鳥の巣《す》があるぜ。」

ミルじいさんはさけびだしました。

「そうだ、きっと中に卵《たまご》があるよ、どら。」

ジムはかにのあしをくわえたなりで、いきなりうゝろの中に手をつっこみました。中はなまあたたかくて、たしかにまるいすべっこいものが指の先にふれます。

「や、あるある。」

ジムは、じいさんのまえに小さな青い色の卵を三つつかみだしました。それを見るとミルじいさんは、

「おやおや、きれいな卵だね、ジム。それをわしにおくれよ。そうしたら、このかにをみんな

おまえにやってもいい。」といいました。じいさんは、このめずらしい小鳥の卵《たまご》を、せめてものみやげにしようと考えたのです。

「ああいいとも。じゃこのかにはわしがもらったぜ。」

ろくろくお腹《なか》のたしにならない小さな卵と、かにと取りかえることに不足のあろうはずがありません。ジムは大喜びで、二つのかにをたいらげてしまいました。

「これで、やっとおみやげができたよ。」

ミルじいさんは、うれしそうにいって、その卵をたいせつにハンカチにつつんで、上着のポケットにしまいこみました。

三

ミルじいさんとジムは、つぎの朝、運よく沖《おき》を通るイギリスの大きな汽《き》船《せん》にすくわれました。そして二週間ののち、まる二か月ぶりで故郷《こきょう》の港へかえってきました。

ミルじいさんは、家へかえると、さっそくテーブルのまわりに三人の家族をよんで、はじめて見た日本のこと、それから、難破《なんば》してイギリス船にたすけられたことを、涙《なみだ》をうかべながら語りました。

「つまんないな。じゃあ、おじいさんのおみやげはみんな海の中へしずんでしまったんだね。」

セルゲイはつまらなさそうにいいました。

「そうだ、日本で買ったおみやげはね。だけど、セルゲイや、おじいさんのおみやげは、ちゃんとあるよ。」

じいさんは、わらいながらポケットに手をつっこみました。

セルゲイは、目をくるくるさせて、ぜんたいおじいさんのポケットからは、なにがでるだろうと見つめています。

するとじいさんは、ハンカチにつつんだれいの卵《たまご》をとりだしました。

「これさ。これがおじいさんのおみやげさ。」

「なんだ、卵か。つまんないな。」

セルゲイはがっかりしたようにいって、ころころとテーブルの上で卵をころがしています。

「ああ、これをわってビスケットにぬって食べるとそりゃおいしいよ。わたしは子どものとき、市長さんのところのお誕生日《たんじょうび》に食べさせてもらったことがあったっけ。」

おばあさんは、そばからセルゲイの心をひくようにいいました。

「そうだ、ばあさんや。はやくお茶を入れてビスケットにぬっておやり。」

じいさんはいいました。しかしミルじいさんは、せっかく遠くからたいせつにして持ってきたのに、いまわってしまうのはおしいと思いました。

「ばあさんや、こんどの航海《こうかい》の記念に、せめてこの卵《たまご》のからだけでもしまっておきたいから、じょうずにわっておくれ。」

じいさんはいいました。するとセルゲイが、

「ぼく、とてもいいことを考えた。」といいながら立っていって、戸だなからお皿《さら》を持ってきて、その上に卵を乗せ、針《はり》で両はしに穴《あな》をあけました。そして上の穴に口をあてて、ほっぺたをふくらましてプープーふきだしました。中身はだんだんお皿の上に流れだしました。

これを見てミルじいさんもおばあさんも、お腹《なか》をかかえてわらいこけました。

セルゲイは、三つの卵がすっかりからになると、それに糸を通して、お窓《まど》につるしました。

それはなんともいえない美しい窓かざりでした。お日さまの光があたるたびに、青いから、がすきとおって、宝石《ほうせき》よりもずっとずっときれいです。

「これはいい思いつきだ。こんな窓《まど》かざりは、市長さんの家にだってありゃしない。」

じいさんは、子どものように手をうってよろこびました。

四

ミルじいさんは、それきり船に乗ることをやめました。そして、よく窓に立って、ぼんやりこのめずらしい窓かざりをながめました。こんなとき、じいさんの顔は、はればれといかにも幸福そうにかがやきました。

じいさんはある日セルゲイに、こんなことをいいました。

「セルゲイや、わしはこれを見ていると、海の上で見たお星さまを思い出すよ。いつも北のほうに光っていた、北極星《ほっきょくせい》のことをね。そうだ、おまえが大きくなってから、どんないいものをおじいさんにおくってくれたとしても、きっと、これにおよばないだろうよ。」

（おわり）

老《ろう》博《はか》士《せ》

鈴木《すずき》三重吉《みえきち》

一

いまからざっと五十年ばかりまえのことです。あるときイギリスのアトキシタアという村に、例年のとおりににぎやかな市《いち》がたちました。牛かいたちはお牛やめ牛をひっぱって、人ごみの中をわけてどんどんくりこんできました。お百姓《ひゃくしょう》やお百姓のかみさんたちはグウグウなくぶたをおったり、キャベツやかぶやバターを入れたかごを馬の両わきにつんで、そのまんなかに乗ったりして、ぞろぞろとでてきました。そのぐるりには村むらの子どもや若《わか》ものたちが、大声でふざけたりけんかをしあったりしながら、ぎっしりになっておしかけてきました。市場《いちば》の片すみには人形しばいがかかっていました。むらがった人びとは、その人形がおどけた身ぶりをするたんびに、どっとわらいくずれました。そのむこうがわは、つる草のはいかぶさった、村の教会堂《きょうかいどう》でした。いまその会堂《かいどう》の灰色《はいいろ》の塔《とう》の時計は、もうすこしで真昼の十二時を指そうとしていました。

そのとき一人の異様《いよう》な身なりをした老紳士《ろうしんし》が、人ごみをおしわけて会堂のまえへでようとあせっていました。

「おい、通してくれ。そこをふさいでいちゃこまる。ちょっとどいてくれ。通してくれ。」と、老紳士はしわがれた声でどなりながら、人をつきのけるようにして通ってゆきました。みんなは、なんだこのおじいさんめというようにぷりぷりして道をあけました。しかし、そういう人たちも、老紳士の顔を見ると、みんなひとりでにだまってしまいました。老紳士の顔は、るいれきのあとでいっぱいひきつれて、目なんぞも半分もかくれているような、それはそれはひどい顔でした。ところがその顔のどこかには、どんな人でも頭をさげないではいられないような、えらいところが見えていました。老紳士はやっと教会堂のかどまで来て立ちどまりました。そ

して、

「ああ、ここだ。たしかにここだ。」と低い声で一人ごとをいいながら、かぶっていた三角なぼうしをぬぎました。

市場《いちば》はいまちょうど人出とこんざつとの頂上にいました。うわうわという人の声や、牛のほえる声や、人形しばいのほうからドッとわいてきたわらい声で、耳もぼうとなるくらいでした。しかし老紳士《ろうしんし》は、そんな物音はすこしも耳にはいらないように、ひとつところに立ちどまったまま、じいっとなにか考えこんでいました。そしてときどきおいのりでもするように、ふかいしわのよったひたいをよせて大空を見いりました。そうかと思うと、そのつぎには、いかにもたえがたいかなしみにおそわれてきたように、しおしおと首をうなだれて目をつぶっています。そのみにくいひどい顔はひきつけるように、ぴくぴくとふるえました。そのけいれんが体中につたわって全身はひっきりなしにぶるぶるふるえていました。暑い太陽は、その老紳士のぼうしをぬいだ頭をじりじりとようしゃなく照りつけました。

みんなは、けげんな顔をしてこのふしぎな人を見て通りました。

「いったいだれだい、あれは？」

「へんな人だね。なにをしてるんだろう。」

むらがってゆく通行人のなかには、それでもだれ一人その老紳士《ろうしんし》を見知っているものはいませんでした。

すると、一人、こないだまでロンドンにいっていた商人がありました。その商人は、老紳士の顔をひと目見るとびっくりして、

「おい、あの人をだれだと思う。」と、つれの人にむかってさけびました。

「へんな顔の人だけれど、どうもなみの人じゃなさそうだね。どことなく頭のさがるような紳《しん》士《し》じゃないか。」

「あたりまえさ。あれはいま、ロンドンで第一番の学者だという、サムエル・ジョンソン博士《はかせ》だよ。おれは、あの博士が、お弟子《でし》たちをつれてロンドンの町を歩いているところを見たことがあるんだよ。」

商人は、自分のみがそのえらい博士を見知っていることをほこるように、とくいになってこういいました。

まったく老紳士はジョンソンにちがいありませんでした。この人はイギリスでさいしょの辞《じ》

書《しょ》をこしらえた、当時では世界的の大学者で、イギリスの皇帝《こうてい》でさえも、この人とお話をなさることを、このうえもない名誉《めいよ》だと思っていられたほどのえらい人でした。

しかしそんな人がどうして、こんなアトキシタアの村なぞへ来て、なんのために、さっきからこの教会堂《きょうかいどう》のかどに立ちつくしているのかということは、当のジョンソン自身よりほかには、だれ一人知っていようはずもありませんでした。

二

それというのは、ジョンソンは、子どものときに、このアトキシタアのじきとなりの町にいたのでした。お父さんは、マイケル・ジョンソンといって、もとはロンドンの大商人でしたが、あることで失敗して、いまいった町へひっそくしてしまいました。そして、近所の村むらの縁《えん》日《にち》へ古本の露店《ろてん》をだして、やっとのことで家の人をやしなっておりました。マイケルは、そのときにはもうかなりのおじいさんでいましたが、そんな零落《れいらく》のためにがっかりしてしまって、きゅうになおどっと年を取ってしまいました。そして、つねから頭痛《ずつう》で苦しんでいたのがいっそうはげしくなってきました。それでもおじいさんは、しじゅうとぼとぼと村むらをまわって、家中のもののために、わずかな食べしろをかせいでこなければなりませんでした。

ある日、マイケルは、ちょうどこのアトキシタアの市《いち》の日に、店をだしにでかけようとしました。ところが、その朝は、いつもよりも頭痛《ずつう》がはげしくて、目まいがしそうでした。それでマイケルはむすこのサムにむかって、

「父さんは、きょうはこのとおりで、どうもでかけられそうもない。すまないがおまえひとつ、かわりにいってくれないか。いつも父さんがするとおりに、ただ本をならべて、番さえしていればいいのだから。」と、たのみました。するとサムは、たちまちぷっとほおをふくらましました。そしてのどのおくでぶつぶつとわけのわからない音を立てながら、しばらくふてくさって父さんの顔を見ていました。それから、大きな声をだして、

「ぼくはいやです。あんなところへいって、そんなまねをするのはいやです。」とはきだすようにいいはなちました。

マイケルは、サムのごうじょうなことをよく知っていました。たとえむちをふりあげたって、この子がいったんこうといいだしたことをおしまげることはできないのでした。しかし、それよりも、おじいさんは、第一もうこんながんこな、気のあらいサムを相手にしかりあらそう気

力がありませんでした。それでしかたなしに、苦しい病気をこらえて、そのまま荷物をしょって、とぼとぼととなり村へでていきました。

サムはふきげんな顔をして、窓《まど》ぎわに立っていました。サムがそんなにして、市場《いちば》なぞへでていくのをこばんだのは、ただ、ふつうの子のばあいのように、父さんのいうことをきかない

子だというだけでなく、第一に、自分のみにくい顔を市場《いちば》で大勢の人に見られるのがいやだったのでした。ほんとうにサムの顔といったらそれこそなんとたとえていいかわからないくらいひどいものでした。顔中はるいれきのあとがいっぱいこわばりつき、目なんかも半分つぶれかけていて、ちょっと見るとめくらのようにさえ見えました。そのるいれきは、まだいつまでも根が切れないで、そのために、顔中はしじゅうひきつけるようにぴくぴくふるえていました。サムのお父さんは、サムのこの病気については、これまでどんなに手をつくしてきたかわかりませんでした。世間では、るいれきは王さまのお手でなでていただくとかならずなおるということをいいつたえていましたので、せんにりっぱな商人でいたときには、小さなサムをわざわざ女王アンナのところへつれていって、女王のお手でなでさすっていただきまでしました。しかし、それでもとうとうなんのききめもありませんでした。

サムは、自分のそんな顔がはずかしいうえに、またもう一つは、きたない着物を着て、人中へでるのがいやでした。そこへもってきて、サムは、自分を、どんな貴族《きぞく》のりっぱな子よりもずっとずっとえらい子だという自尊心《じそんしん》を持っていました。まったくのところ、この点ではサムはなかまの子どもたちからもぺこぺこされていました。毎日学校へいくのにも、サムはかならずに三人の友だちにさそってもらって、その子たちの肩車《かたぐるま》に乗って、大いばりででていくくらいでした。サムはこんなえらい人間が、市場《いちば》なぞへいって露店《ろてん》にすわるということは考えるだけでもたまらないことでした。

いまサムが窓《まど》から見るとお父さんがよちよちと歩いていく姿《すがた》がやがて通りのむこうへ消えてしまいました。サムはこのときには心持ちがすこしずつおれてきて、もしわしが、もっときれいな着物を着ていたら、そして、この顔がこんなにみにくくなかったら、あとはがまんしてかわりにいってもよかったのだがと思いました。そう思いながら、サムは、ひとりでにお父さんが市場の人ごみの中で、みんなの目につきやすいようにくふうして、いろいろに本をならべているところを目にうかべました。お父さんは、まえを通る人にいちいちよびかけて、

「どうぞごらんください。歌の本でも絵の本でもお話の本でも、なんでもあります。これはいちばんおもしろいお話の本です。」と、声をからしてどなるのです。それでもA《エイ》B《ビイ》C《シイ》も読めないような百姓《ひゃくしょう》や、うさぎやきつねを狩《か》り歩くよりほかにはなんの楽しみも知らないような村の紳《しん》士《し》や、絵本よりもしょうが入りのパンのほうがすきな子どもたちは、まるで見むきもしないでずんずん通っていきます。お父さんは一冊《さつ》の本を売って、やっと五、六銭《せん》のお金をもうけるた

めには、ものの一時間ばかりもどなりとおしにどなっていなければならないのでした。

サムは、そう思うと、きゅうに父さんがかわいそうになってきました。

台所ではお母さんがいそがしそうにごしごし働いていました。

「母さん、父さんはきょうはよっぽど苦しかったのでしょうか。」とサムは聞きました。

お母さんは炉《ろ》の火でほてった赤い顔をこちらへむけて、

「なんだかきょうはたいへんにおわるいようだったよ。こんなときにはおまえをかわりにおやりになればいいのに。おまえだってもう大きくなったから、喜んでお父さんのお手つだいをするでしょう? お父さんはおまえのためにはこれまでどんなにつらい目をしてくだすったかわからないのだからね。」

サムはきまりわるそうにだまってうつむいておりました。するとまたひとりでに市場《いちば》にいるお父さんの姿《すがた》が目のまえに見えてきました。

市場には、暑い太陽がじりじりと照りつけています。いろんなものがその光をきらきらと射《い》かえして、目もくらみそうです。と、そのうちにぞろぞろと歩いていた人たちが一度に立ちどまって、サムのお父さんの店のまわりへたかりました。みんなはびっくりしたように、人のか

たの上からのぞきこんで、

「どうしたんだどうしたんだ。」

「死んだのじゃないのか。」とどなりました。お父さんはとうとう目まいがして、ばったりと地びたへたおれてしまっているのです。

サムはそういうありさまを目にえがくと、思わず身ぶるいをして、

「神さま、おゆるしください。どうぞおゆるしください。」と涙《なみだ》ぐみながらおいのりをあげました。しかし神さまは、まさかそれだけではおゆるしになるはずはありません。サムはそのときすぐに市場《いちば》へかけつけて、みんなのまんなかでお父さんのおひざにすがって、

「お父さま、サムがわるうございました。どうぞゆるしてください。」といって、おわびをするのがほんとうでした。しかしサムにはとうとうそれができませんでした。

日がくれてから、お父さんは、よぼよぼとかえってきました。そして、さもさも苦しかったように古いひじかけいすへ、ぐったりと腰《こし》をおろしました。サムはそのそばに小さくなってたたずんでいました。でもお父さんは、それなり、サムのことはちっともしからないですましました。

三

そのサムが何十年ののちには、まえにいったような、名誉《めいよ》ある大学者になったのです。老博《ろうはか》士《せ》は、その年になっても、自分が小さなサムでいたときに、着物や顔についての、つまらないはずかしさや、自分のようなえらい子が露店《ろてん》の立ち番をするのがたまらないというような、まちがった見えばりとのために、あわれな、病気の父を、終日《しゅうじつ》アトキシタアの市場《いちば》に立たせたことがわすれられないで、いつも一人でせめられているのでした。お父さんが、サムにはねつけられて、しかたなくとぼとぼと市場へでていったときのかなしい顔は、このときまでもしじゅう博士《はかせ》の目のまえをはなれませんでした。博士はつねに、そのことをくりかえしくりかえし、神さまと、なくなった父上とにおわびをしました。それでも、お二人は、いつまでも自分をゆるしてくださるようには思われませんでした。

それで博士は、この老年になってから、とうとうおなじ市《いち》の日に、暑いアトキシタアまでわざわざでてきたのでした。このときには、博士は、ちょうどあのころのお父さまとおなじくらいな年よりになっていました。

老博士《ろうはかせ》は、お父さまが店をだした、教会堂《きょうかいどう》のかどのおなじところに立って、ひしひしと自分の罪《つみ》をくいながら、神のおゆるしと良心の平和とをえようとしたのです。

アトキシタアの市場《いちば》のありさまは、昔《むかし》とおんなじに、さまざまの店や、いろんな見せ物でにぎわっていました。そして、おなじように暑い日ざしがかんかんと人びとの雑沓《ざっとう》の上を照りつけています。

老博士は、その暑い日光の中に、いつまでも立ちつくして、神さまとお父さんとに、くりかえしくりかえしおわびをしました。

そのうちに、大空の一角には、ふいに黒い雲がわいてきました。それが、見る見るうちにだんだんとこくひろがってきたと思いますと、まもなく、ぱらぱらと、大粒《おおつぶ》の雨が落ちだしました。市場に集まった人びとは、あっといって一度に空を見あげました。すると雨はなおなお大きくなって、しまいには、ざあざあとどしゃぶりになってきました。みんなは、たちまちびしょぬれになりどろをいっぱいはねあげられて、うわうわと四方八方へにげまどいました。しかし、老博士だけは、その大雨にもどろにも気がつかないように、いつまでもおなじところに立って、びしょびしょになって、くりかえしくりかえしおいのりをあげていました。（おわり）

こぶし

巽《たつみ》　聖歌《せいか》

こうこう
こぶし
さいた。

うそが
鳴いて
日暮《ひぐれ》。

こうこう
こぶし
あかれ。

たにし
とってる
こども。

水面亭《すいめんてい》の仙人《せんにん》

伊藤貴麿《いとうたかまろ》

一

昔支那《むかししな》に、老子《ろうし》というえらい仙人《せんにん》がありましたが、そのかたの教えがもとになって、のちに道教《どうきょう》という教えができました。道教は、いまでもさかんに支那人《しなじん》のあいだに信ぜられております。その道教の修業《しゅぎょう》をつんだ人で、昔からえらい仙人がたくさんでました。

いまから数百年まえに、支那の済南《さいなん》というところに、ある一人のきたないぼうさんが、ひょっくりやってきました。町の人びとは、そのぼうさんがどこから来たかも、また、名はなんというのかも知りませんでした。ぼうさんは夏冬なしに、あわせをたった一枚《まい》着たきりで、黄色いなわの帯《おび》をしめていました。べつに下着も、ズボンもはいてはいません。髪《かみ》はぼうぼうとはやしたまま、うしろにたれて、よくばかのように、そのはしを口にくわえたりしていました。いつも町をうろうろして、夜も、人の家の軒《のき》さきなどで寝《ね》ていましたが、ふしぎなことに、冬、雪がふっても、そのぼうさんのまわりだけはつもりませんでした。

はじめてそのぼうさんが来たとき、いろんなふしぎをあらわしましたので、町の人びとは尊《そん》敬《けい》して、われがちに食べ物などをあたえました。あるとき、町のならずものが、そのぼうさんに酒をやって、ふしぎな術《じゅつ》を教えてくれとたのみましたが、ぼうさんは相手にしませんでした。ならずものは腹《はら》をたてて、いつかぼうさんをいじめてやろうと思って待っていますと、ある日ぼうさんが川へはいって水をあびているのを見つけたので、

「さあどうだ、いじわるぼうず、こうしてやらあ。」といって、川岸にぬいであるぼうさんの着物をさらってゆこうとしました。と、ぼうさんは、

「これこれなにをするのじゃ、いたずらせんと、かえしておくれ。そのかわり、おまえさんに術《じゅつ》をさずけてあげよう。」ともうしましたが、

「なにッくそぼうず、てめえのいうことなぞあてになるものか。」といって、着物をかかえて走りだしました。すると、ふしぎなことに、ぼうさんのなわの帯《おび》が見る見る大きなへびにかわって、ならずものの首にぐるぐるまきついたので、ならずものは立ちながらぐっと息がつまって、まっ青になりました。へびはなおもしゅうしゅう音をたて、かま首をもたげて、ほのおのような舌《した》をペラペラとはきますので、ならずものはぶるぶるふるえだし、地面の上にぺったりすわって、ゆるしをこいました。するとぼうさんは、わらいながら着物を着て、そのへびを腰《こし》にまいたかと思いますと、どうでしょう、それはもとのなわの帯になっていました。

二

それから、このぼうさんの名前はだんだん高くなって、町のお役人や、紳士《しんし》たちは、あらそってぼうさんを招待《しょうたい》して、いろいろ教えを聞きました。そして、ごちそうをして客でもよぶときには、いつもぼうさんをもまねいて、あつくもてなしました。

するとある日、ぼうさんがやってきて、

「いつも、てまえばかりごちそうになってあいすみません。こんどはいつか水面亭《すいめんてい》でおかえしをいたしましょう。」といって、立ちさりました。そのうち、ある日のこと、町の紳士《しんし》たちは自分の机《つくえ》の上に、だれがおいていったとも知れない手紙が乗っているのを見て、びっくりして開けてみますと、それはぼうさんからの招待状《しょうたいじょう》でした。

それで、その日町の人たちがうちそろって、水面亭《すいめんてい》へいってみますと、ぼうさんはやはりきたない着物を着たままひょろひょろとでてきてみんなをむかえました。みんながお堂《どう》の中へはいってみますと、部屋の中はからっぽで、いすもなにもありません。

「いやはや、これではろくなもてなしはできそうにもない。」とあきれはてていますと、ぼうさんは客人《きゃくじん》たちをふりかえって、

「てまえはびんぼうですから、めしつかいがございません。どうか、お客人たちのおともを拝借《はいしゃく》したいものです。」といって、壁《かべ》の上に一対《つい》のとびらをかいて、指でこつこつとたたきますと、あらふしぎや、そのとびらがぎーッと開きました。みんなはびっくりして、かけよって中をのぞいてみますと、どうでしょう、紫檀《したん》のいすや、目もさめるような美しいおおいのかかったテーブルや、おいしそうなごちそうや、ひすいやこはくをといたようなお酒が、いっぱいならんでおります。そこで、おとものものがそれらをいちいちはこびだして、やがて大きな宴会《えんかい》が開

かれました。

がんらい水面亭《すいめんてい》というのは、大きな湖に面して、毎年七月ごろには、紅白のはすの花が、見わたすかぎり一面に、さきみだれるのですが、ちょうどそのときは、まだ春のはじめで、やっと水がぬるんで湖のおもてが青みわたり、岸のやなぎが美しい青い糸をなびかせているくらいでした。

そのとき酒によった一人の客が窓《まど》のほうによって、

「やあ、絶景《ぜっけい》絶景《ぜっけい》、しかし、花がまださかないのでさびしいなあ。」ともうしました。みんなも、こんなゆかいな日に、湖水に花がないのはものたらないと思いました。と、しばらくして、一人のおとものものがかけこんできて、

「だんな、花が、花が……。」ともうしますので、みんなはびっくりして、窓を開けてながめますと、湖面は千朶萬枝《せんだばんし》、白い玉をつらね、赤いほのおが燃えたったかのような花ざかりで、南風がさわやかにほほをなで、そのよい香《かお》りは、心の底までしみとおるようでした。

客人《きゃくじん》たちはうちょうてんになってさっそくとものものに舟《ふね》をださせて、はすの花を取りにやりました。ながめていると、舟《ふね》はだんだんすすんで、花のあいだをあちこちとこぎまわって、

163　水面亭の仙人

やがて花の中にうずもれたように見えました。しばらくして舟はかえってきましたが、舟に乗っていたものたちは、ぽかんとして空手《からて》で岸《きし》にあがってきました。みんながわいわいいってののしりますと、はすを取りにいったものは、

「わたしどもが、花が北にあると思って北へいってみると、いつのまにか消えて、南のほうへうつっております。それで南のほうへこぎよせてみますと、またいつのまにか消えてしまいます。」といって、ぼんやりしています。客人《きゃくじん》たちがあきれかえっておりますと、ぼうさんは、

「花はみんなあなたがたの心のまぼろしかな。」といって、からからとわらいました。そして、酒もりが終わるころには、北風がさっさっとふき起こって、ほのおのような花も、一面に湖をおおっていたみずみずしい葉も、ふっとかき消すように消えてしまいました。

三

こういうことがあっていらい、町の長官はひじょうにぼうさんをうやまって、自分の屋敷《やしき》につれてかえって、毎日いっしょに語るのを楽しみにしていました。

ある日、その長官の家に客《きゃく》があって、珍重《ちんちょう》していたよいお酒をだしました。しかし、長官は

いつもそのお酒をおしんで、ちびちびしかださないのです。お客がもっと飲みたがると、いつも、

「もうおしまいおしまい。」といって手をふりました。その日も、お客が酒を飲みたらなさそうにしていると、そばにいたぼうさんがわらいながら、

「わたしも一ぱいごちそうをしましょうかな。」といって、テーブルの上のとくりを、自分のそでの中にいれて、またすぐ取りだして、みんなについでまわりますと、酒はいつまでもつきないで、あとからあとから、こんこんとわいてでました。客人《きゃくじん》たちはあっけにとられましたが、さてあじわってみると、まえの酒と、香《かお》りといい、味といい、ちっともかわりません。みんなはじゅうぶんにようまで飲んでかえっていきました。

これをじっと見ていた長官は、これはぼうさんが妖術《ようじゅつ》を使って、きっと自分の酒をぬすんだにちがいないと、穴蔵《あなぐら》へいってしらべてみますと、かめの封《ふう》はちゃんともとのままであるのに、中の酒は一てきもなく、からっぽになっていました。これを見た長官はかっとおこって、

「おのれ、恩知《おん》らずの、おうちゃくものめ。」といって、つえをとって打ちますと、かえって自分の腰《こし》に、びんといたみを感じました。二度三度むち打っているうちに、ぼうさんがうんうん

うなって苦しがるとどうじに、自分の腰《こし》の肉もさけて、だらだらと血が流れてくるので、どうにもしようがなく、むち打つことをやめて、ぼうさんをおもてへおっぱらってしまいました。

ぼうさんはおもてへでたかと思うと、風のように、どこへいったかわからなくなりました。そしてふたたびもうこの町へは姿《すがた》をあらわしませんでした。

それからずっとのちに、この町の人が、南京《なんきん》というところへいったことがありましたが、ある町角で、ひょっくり、そのぼうさんにあったということです。そのとき、ぼうさんはもとのように、ぼろの着物を着て、なわの帯《おび》をしめていたそうです。そして、なにをたずねても、ただわらってばかりいて答えなかったそうです。

（おわり）

手《て》品《じな》師《し》

豊島与志雄《とよしまよしお》

一

昔《むかし》ペルシャの国に、ハムーチャという手《て》品《じな》師《し》がいました。妻《つま》も子もないひとり者で、村や町をめぐり歩いて、広場に毛布《もうふ》をしき、その上でいろんな手品を使い、いくらかのお金をもらって、その日その日を暮らしていました。赤と白とのだんだらの服をつけ三角のぼうしをかぶって、十二本のナイフを両手で使いわけたり、さかだちして両足で金のまりを手玉に取ったり、鼻の上に長いぼうを立ててその上で皿《さら》まわしをしたり、飛びあがりながらくるくるととんぼがえりをしたり、そのほかいろんなおもしろい芸をしましたので、あたりに立ちならんでいる見物人から、たくさんのお金が毛布《もうふ》の上になげられました。けれどもハムーチャは、そのお金で酒ばかり飲んでいましたのでいつもひどくびんぼうでした。

「あああ、いつになったら、お金がたまることだろう。」と嘆息《たんそく》しながらも、ありったけの金を酒の代《だい》にしてしまいました。雨がふって手品ができないと水ばかり飲んでいました。そしてだんだん世の中がつまらなくなりました。

ある日の夕方、ハムーチャは長い街道《かいどう》を歩きつかれてぼんやり道ばたにかがみこみました。すると、遠くから来たらしい一人の旅人が通りかかりました。旅人はハムーチャのようすをじろじろ見ていましたが、ふいに立ちどまってたずねました。

「おまえさんはきみょうな服装《ふくそう》をしているが、いったいなにをする人かね。」

「わたしですか」とハムーチャは答えました。「わたしは手品師《てじなし》ですよ。」

「ほほう、どんな手品を使うか、ひとつ見せてもらいたいものだね。」

そこでハムーチャは、いくらかの金をもらって、さっそくとくいな手品を使ってみせました。

「なるほど」と旅人はいいました。「おまえさんはなかなかきようだ。だがわしは、おまえさんよりもっとふしぎな手品を使う人の話を聞いたことがある。世界にただ一人きりという世にもふしぎな手品師《てじなし》だ。」

「へえー、どんな手品師ですか。」

そこで旅人は、その人のことを話してきかせました。——それは手品師というよりも、むしろりっぱなぼうさんで、善《ぜん》の火の神オルムーズドにつかえてるマージでした。長いあいだの修《しゅ》業《ぎょう》をして、ついに火の神オルムーズドから、どんなものでも煙《けむり》にしてしまう術《じゅつ》をさずかりました。なんでも北のほうの山おくに住んでいて、そこへゆくには、闇《やみ》の森や火のさばくや、いろんな怪物《かいぶつ》が住んでる洞穴《ほらあな》など、おそろしいところを通らなければならないそうです。そのマージのふしぎな術を見ようと思って、幾人《いくたり》もの人がでかけましたが、一人としてむこうにいきついたものはないそうです。

「ほんとうですか。」とハムーチャはたずねました。

「ほんとうだとも、わしはたしかな人から聞いたのだ。」と旅人はいいました。「だがおまえさんには、とてもそのマージのところまでいけやしない。それよりか、自分の手品の術をせいぜいみがきなさるがよい。」

そして旅人はいってしまいました。

ハムーチャはあとに一人のこって、じっと考えこみました。――こんな手品なんか使っていたって、一生つまらなく終わるだけのものだ。それよりもいっそ、そのふしぎなマージをたずねていってみよう。とちゅうで死んだってかまうものか。もし運よくむこうへいけて、どんなものでも煙《けむり》にしてしまうという術《じゅつ》をさずかったらそれこそすてきだ。世間のものはどんなにびっくりすることだろう。

ハムーチャは命がけの決心をしまして、マージをたずねて北へ北へとやっていきました。とちゅうでも村や町で手品を使って、もらったお金を旅費《りょひ》にして、酒もあまり飲まないことにいたしました。

二

北のほうへすすむにしたがって、マージのうわさはしだいに高くなっていました。けれど、マージがどこに住んでるかは、だれも知ってるものがいませんでした。でもハムーチャは一生《いっしょう》懸命《けんめい》でした。いく月もかかって、まっすぐに北のほうをさして旅をつづけました。野をこえ山をこえてすすみました。しまいには人里遠くはなれた深山《しんざん》にまよいこんでしまいました。それでも、ハムーチャはあとにひきかえしませんでした。木や草の実を食ったり、谷川の水を飲んだりして、すすんでいきました。獅子《しし》の森や、毒蛇《どくじゃ》の谷や、わしの山や、いろんなおそろしいところを通りぬけました。つぎには闇《やみ》の森がひかえていました。鼻をつままれてもわからないほどまっ暗な森でした。つぎにはかいぶつの洞穴《ほらあな》がありました。見ただけでもぞっとするようなおそろしいかいぶつが、いくつも洞穴の中にうなっていました。つぎには火のさばくがありました。広びろとしたさばくに一面の火が燃《も》えたっていました。ハムーチャは目をつぶって一《いっ》生懸命《しょうけんめい》に、かけぬけました。火のさばくをかけぬけたときには、もう目がくらみ息がつまって、地面にたおれたまま、気を失ってしまいました。

しばらくたつと、「ハムーチャ、ハムーチャ。」とよぶような声がしましたので、彼《かれ》ははっと目を開きました。見れば、白木造《しらきづく》りのささやかな家の中に、自分は寝《ね》ているのでした。まくらもとには一人の気高い人がすわっていました。まっ白な服装をし、頭に白布《はくふ》をまいた、年のほどはわからない人でした。ハムーチャが目を開いたのを見て、しずかにほほえんでいいました。

「ハムーチャ、わしはおまえが来ることを知ってむかえてあげたのだ。いままでに幾人《いくたり》となく、わしをたずねて来かかったものはあるが、みなとちゅうでひきかえしてしまった。それにおまえは、たとえ命がけとはいえ、よくこれまでやってきた。」

ハムーチャは起きあがって、頭を床《ゆか》にすりつけながらいいました。

「ああマージ様、どんなものをも煙《けむり》にしてしまうというマージ様は、あなたでございましょう。どうかわたしにその術《じゅつ》をおさずけくださいませ。」

「さずけてもよいが、それには七年間苦しい修業《しゅぎょう》をしなければならないぞ。」

「はい、七年でも十年でも、一生のあいだでも、どんな苦しい修業もいたします。」

そしてハムーチャは、七年間マージのもとで修業することになりました。それがまた一通りの修業ではありませんでした。水一杯《ぱい》飲まないで一週間もすわりつづけていたり、谷川の水に終日《しゅうじつ》首までつかっていたり、重い荷をせおって山道をあがりおりしたり、むつかしい書物を何千回もうつしなおしたり、一月のあいだも無言《むごん》でいたり、いろんなつらいことがありました。そして始終《しじゅう》、祭壇《さいだん》に燃《も》える火を絶《た》やしてはいけませんでした。ハムーチャは何度《なんたび》か力を落としましたが、そのたびごとに思いあきらめて、ともかく七年間の修業を終えました。そして、どんなものでも煙にするという火の神の術をさずかりました。そのうえ、がんらいが手品師《てじなし》ですから、その煙《けむり》をいろんなものの形にするというくふうをしました。

ハムーチャがいよいよ世の中へもどってゆくというとき、マージは彼《かれ》へよくいい聞かせました。

「ものを煙《けむり》にするこの術《じゅつ》は善《ぜん》の火の神オルムーズドからさずかったのだから、すべて生きてるものや役にたつものを、けっして煙にしようとしてはいけない。オルムーズドから世の中につかわされたのだとこころえていなければならない。もしよからぬ心を起こすと、おまえの術は悪《あく》の火の神アーリマンのものとなって、自分をほろぼすようなことになる。」「しょうちいたしました。」とハムーチャは答えました。

三

そこでハムーチャは、ふたたび火のさばくや闇《やみ》の森やかいぶつの洞穴《ほらあな》などを通りこして、人間の住んでるほうへでてきました。そしてようすをうかがってみると、もう七年もたったのちのことでしたし、だれもマージのもとへいきついたものもありませんでしたから、マージのうわさはうそだとして消えてしまっていました。

「いまにみんなをびっくりさしてやる。」とハムーチャは一人ほほえみました。

ある町までいくと、ちょうどお祭りの日でした。ハムーチャは人だかりのしてる広場に、新しい毛布《もうふ》をひろげて、まずふつうの手品を使ってみせました。それから大声でいいました。

「さてこれから、世にもふしぎな術《じゅつ》を見せてあげまするぞ。これは火の神オルムーズドからさずかった術でどんなものをも煙《けむり》にしてしまって、その煙でいろいろなものの形をあらわすという、天下にまたとない妙術《みょうじゅつ》ですぞ。さあさあ不用な物があったら持っておいで、この場で煙にしてごらんにいれる。」

そこで見物人の一人が古いぼうしをさしだしました。ハムーチャは受けとって、もうやぶれこけて役にたたないことを見さだめると、それを毛布の上におき、自分はそのそばにかがんで、むねに両手を組みあわせ口になにかとなえました。と、ふしぎにも、その古ぼうしがふーッと煙になって、その煙がまた大きな鳥の形になって、空高く飛びさってしまいました。

あまりのふしぎさに、人びとはあっけにとられました。つぎにはむちゅうになってかっさいしました。そしてお金が雨のようになげられました。ハムーチャはとくいになって、なおいろんなものを煙にしてみせました。

それからは、ハムーチャのうわさがぱっと四方にひろがりました。ハムーチャのいく先ざきで、もうその地方の人びとが待ちかまえていました。なかには、ぜひわたしどもの町へ来てくれと、馬車をむかえによこすものさえありました。しかしハムーチャは、馬車なんかには乗らずにれいの赤と白とのだんだらの服をつけ、三角のぼうしをかぶって、てくてく歩いていきました。ふところにはたくさんの金がたまっていました。いくら酒を飲んだりごちそうを食べたりしてもなかなか使いきれませんでした。

四

そしてハムーチャは町まちをめぐって、ある大きな都にさしかかりました。都の人たちは、いまにハムーチャが来るとて大さわぎをしました。いよいよハムーチャがやってくると、都のいちばんにぎやかな広場に案内しました。広場にはもうりっぱな毛布《もうふ》がしきつめられ、不用な品じなが山のようにつまれ、四方にはさじきができていてぎっしり人だかりがしていました。ハムーチャは、すこしびっくりしましたが、やがて、ようようと場所のまんなかにすすみでました。四方から、雷《らい》のようなはくしゅが起こりました。

ハムーチャはまず、ナイフを使いわけたり、足で金のまりを手玉に取ったりして、ふつうの手品をやりました。それがすむと、いよいよ煙《けむり》の術《じゅつ》にかかりました。ところが、あまりいろんな品物がつまれていますので、どれからさきにしてよいかわからずに、しばらく考えてみました。そしてふと思いついて、みんないっしょに煙にしてしまおうときめました。れいのとおりそこにかがんで、むねに両手を組みあわせ口になにやらとなえますと、まあどうでしょう。山のようにつまれてる品物が、一度にどっと煙になって、その煙がまたさまざまな花となって、空一面にひろがりました。あまりのみごとさに、あたりの人びとはやんやとはやしたてました。

やがて煙の花が消え、くるうようなかっさいがしずまると、人びとはすこしふまんぞくに思いました。いろんなものを一つずつ煙にしてもらうつもりだったのが、一度ですんでしまったからです。

「もっとなにか煙にしてください。この金いれでもいいから。」

そういって一人のものが、大きな革《かわ》のさいふをさしだしました。

「いや、いけない。」とハムーチャは答えました。「これは悪《あく》の火の神アーリマンの術ではなくて、善《ぜん》の火の神オルムーズドの術だから、もう役にたたない不用のものしか煙にはなせないのだ。」

　すると、ほかの一人がいいました。

「ここにしきつめてる毛布《もうふ》をみなあなたにあげよう。そうすれば、あなたのその小さな毛布は不用になるでしょうから、それを煙《けむり》にしてください。」

「なるほど、」とハムーチャはちょっと考えてから答えました。「このりっぱな毛布をもらえば、わしの小さな毛布はもういらなくなるわけだ。」

　そこで彼《かれ》は、自分の毛布を煙にしてみせました。煙は青あおとした野原の形となって、空高く消えてゆきました。

　すると、こんどは、ある人がりっぱな靴《くつ》を持ちだしました。

「このりっぱな靴をあなたにあげよう。そうすれば、あなたのそのやぶれ靴は不用になるでしょうから、それを煙にしてください。」

「なるほど、」とハムーチャはちょっと考えてから答えました。「このりっぱな靴をもらえば、わしのやぶれ靴はもういらなくなるわけだ。」

　そこで彼《かれ》は、自分の靴を煙にしてみせました。煙は大きな馬のひづめの形となって、空高く消えてゆきました。

都の人びとは、それでもまだしょうちしませんでした。あまりのふしぎさに、もうみんな、むちゅうになっていました。

鳥の羽《はね》のついたりっぱなぼうしを持ちだすものがありました。宝石のついた、みごとな服を持ちだすものがありました。らくだの子の胸毛《むなげ》でおったシャツを持ちだすものがありました。

そしてハムーチャは、まえとおなじように身につけてるものをみな煙《けむり》にしてしまいました。三角のぼうしははげたかの形の煙となって消えました。赤と白とのだんだらの服は、だいじゃの形の煙となって消えました。よごれたあさのシャツはなめくじの形の煙となって消えました。ハムーチャはまっぱだかとなって、りっぱな衣裳《いしょう》のかさねてあるそばに立っていました。

五

そこへ、十五、六歳《さい》の娘《むすめ》が一人かたからむねまであらわにして飛びだしました。金色の髪《かみ》がふさふさとかたにたれ、海のように青い目をし、ばら色のほほをして、はだは大理石《だいりせき》のようになめらかでまっ白でした。

娘はいいました。

「わたしのこの体をあなたにあげましょう。そうすれば、あなたの年とったしわだらけの体は不用になるでしょうから、それを煙《けむり》にしてみせてください。」

「なるほど、」とハムーチャはしばらく考えてから答えました。「あなたの美しい体をもらえば、わたしのきたない体はもういらなくなるわけだ。」

そこで彼《かれ》は、むねに両手を組みあわせ、口になにやらとなえました。すると彼の体は、ふっと煙になってしまい、その煙がまっ黒な雲となって、空高く消えうせました。

人びとはわれをわすれてかっさいしました。ところが、ハムーチャはいつまでたってももどってきませんでした。もどってくるはずはありません、自分が煙となって消えうせてしまったのですもの。なにもかもそれでおしまいです。

（おわり）

雪だるま

宇野《うの》浩二《こうじ》

一

このおじいさんとおばあさんが住んでいた村というのは、大きな森のはずれにありました。村といっても、北国《ほっこく》の山の中のことでしたから、家数《いえかず》もごくわずかしかありませんでしたが、そのかわり村中の人たちは、みななかよく楽《たの》しくくらしていました。けれども、実《じつ》をいうとこのおじいさんとおばあさんとは、わりあいつまらなく、不幸《ふしあわ》せな身分《みぶん》でした。そのわけは、このおじいさんとおばあさんとには、子どもがなかったからです。

村中の、どの家《うち》にもみんな子どもがいました。子どもたちはおっかけごっこをして、家の中から往来《おうらい》にとびだしたり、また手を組みあって、歌をうたいながら、おもてから帰ってきます。だのに、この家にはそんな子どもが一人もいないのです。だから、夕方になっても、おばあさんは心配そうな、またにこにこした顔をして、窓《まど》から顔をだすことはありませんでした。いくらそうして待っていても、お腹《なか》を減《へ》らして帰ってくる子どもがありませんでした。

けれども、実《じつ》は、このおじいさんとおばあさんとは、ほとんど一日中窓《まど》のところに立っていました。なにをしているかというと、そこからおもてをのぞいて、よその子どもたちが楽《たの》しそうに遊んでいるのを見るのです。家には二三匹《びき》の飼犬《かいいぬ》と、猫《ねこ》が一匹《ぴき》と、にわとりがなん羽《ば》もいましたが、そんなものは子どものかわりにはなりません。犬がほえても、猫がのどを鳴らしても、にわとりが卵《たまご》を生んでも、おじいさんやおばあさんにはいっこううれしくもありませんでした。それよりも、窓からよその子どもたちが遊んでいるのを見ているほうがせめてなぐさめだったのでしょう。

はじめにもいったように、それは寒い北国《ほっこく》のことですから、どこよりも早く雪が降《ふ》ります。雪が降ると子どもたちはいっそうよろこんで、頭巾《ずきん》をかぶったり、わら靴《ぐつ》をはいたり、厚《あつ》いがいとうを着たりして、雪の中をかけまわります。

ある日、おじいさんはいつものとおり窓に立って、子どもたちがおおぜい寄《よ》って雪だるまをこしらえるのを見ていましたが、とつぜんおばあさんをよんで、

「ばあさん、どうじゃ、おれたちも庭に雪だるまの小さいやつをこしらえようじゃないか、」と

いいました。「一生懸命《いっしょうけんめい》にこしらえたら、もしかすると、雪だるまに命《いのち》がかよって、おれたちの子どもになるかもしれないからな。」

「まさかね。」とおばあさんはいいました。「しかし、そんなことはあてにしなくてもいいから、こしらえて見ましょう。」

そこで、おじいさんとおばあさんとは、かぜをひかぬようになるべく厚《あつ》い着物を着て、庭のすみの、人の目につかないところへいって、雪をかき集めました。なにしろ、年とったおじいさんとおばあさんのことですからゆっくりゆっくりと、しかしていねいにていねいに雪を積《つ》みあげ、たたき固《かた》めて、それはそれは立派《りっぱ》な、小さな雪だるまができあがりました。

できあがったのは、もう夕方でした。おじいさんは、たんせいしてこしらえあげた真白《まっしろ》な、かわいらしい雪だるまをうれしそうにながめながら、

「なんとかいっておくれよ、ね、なんとか。」といいますと、おばあさんもそばから、

「おまえもあのおもてのほうで遊んでいる子どもたちのようにそこらをころげまわって遊ばないかい。」といいました。

すると、どうでしょう。いまもいったとおりだんだん日《ひ》が暮《く》れかかっているころで、ことに

そこは庭のすみの薄暗《うすぐら》いところでしたが、見ると、おじいさんが炭《すみ》のかわりに一心をこめて書いておいたその雪だるまの目が、きゅうに生きた人のようにぎらぎらと光って、おばあさんがこれも炭をいれるかわりに、紅《べに》を使《つか》って書いた口がほころびるように動きだしたのです。

そして、いきなり両肩《りょうかた》のところと、両股《りょうもも》のところから、にょきにょきと手足をだしたかとおもうと、雪だるまは踊《おど》りだしました。おじいさんとおばあさんは、びっくりするかわりに、あきれて、ただ目をみはっていましたが、しまいにはうれしくなって、雪だるまの踊りにあわせて、手をたたいて拍子《ひょうし》をとりました。

すると、雪だるまは踊りながら、つぎのような歌をうたいました。

僕《ぼく》には人間《にんげん》のような、温《あたた》かい血《ち》がない、
僕のからだには水が流れているばかりです。
それでも、こうして寒い日や冷たい晩《ばん》には、
笑《わら》って、うたって、踊るのです。

もしみんなが僕《ぼく》を、

かわいがってくれないようになったら、
僕《ぼく》はすぐに溶《と》けて流れて、
けぶりになって天《てん》に帰ってゆくだけです。

おじいさんとおばあさんはうれしくてうれしくて、しばらく夢《む》中《ちゅう》で雪だるまの踊《おど》りにあわせて手をたたいていましたが、しばらくして、

「おい、」とおばあさんにいいました。「おまえ、この子の着物をこしらえてやるまで毛布《もうふ》でも着せておやり。」

そこで、おばあさんは家《うち》の中に入って大急ぎで毛布《もうふ》をとってきて、それを雪だるまの体にかけてやりますと、おじいさんはそのうえから抱《だ》きつくようにして撫《な》でてやりました。

「あんまり温《あたた》かくしてくれるといけませんよ。」と雪だるまがいいました。

そこで、おじいさんとおばあさんとは、家の中から雨戸《あまど》を一枚《まい》はずしてきて、やっとのことでそのうえに雪だるまをのせて、家の中へ運んでゆきました。そして、土間《どま》のすみの、なるべく火《ひ》の気《け》の遠いところにおきました。おばあさんはその晩一晩《ばんひとばん》かかって、赤い着物を縫《ぬ》ってやりました。

けれども、雪だるまにしてみると、それでは体が苦しいとみえて、

「暑《あつ》い、暑い。」とこぼしました。「僕《ぼく》にはやっぱり冷たい外のほうがよろしい。」

「だけど、それじゃあ寝《ね》る間《ま》がないじゃないか。」とおばあさんは心配《しんぱい》していいました。

「それでも、こうして、寒い日や、冷たい晩《ばん》には……」と雪だるまはさっきの歌をうたいながら、「僕は夜は庭で、昼《ひる》は往来《おうらい》へでて、夜でも昼でも、踊《おど》りとおしているんです。」といって、おじいさんやおばあさんのいうことをきかずに、とうとう庭にでてしまいました。そして、あいかわらず踊りつづけています。

おじいさんとおばあさんとは途方《とほう》にくれて、長い間窓《まど》からそれを見ていましたが、やがて夜がふけてきましたので、寝床《ねどこ》につきました。けれども、おじいさんは二度も三度も目をさましては、寒いのに、寝間着《ねまき》のままで窓のところへいっては、雪だるまはどうしているかと見にゆきました。と、雪だるまはあいかわらず踊《おど》りつづけています。月夜《つきよ》のことでしたから、黒《くろ》い影《かげ》がくっきりと雪のうえにうつっています。それを追《お》っかけては踊ったり、さては雪を掴《つか》んで天《てん》の方に投げつけながら踊ったりしていました。

二

そのうちに夜が明けました。雪だるまは朝御飯《あさごはん》を食べたいといいました。どんなものを食べるのかと聞きますと、氷をくだいてお椀《わん》に入れてくれればいいというのです。雪だるまにはそのほかの御馳走《ごちそう》はないとのことです。

朝御飯《あさごはん》がすむと、雪だるまはいそいそとおもてのほうへでてゆきました。そして、近所の子どもたちといっしょになって遊びはじめました。おじいさんとおばあさんはそれを見て、なんともいえぬうれしい気《き》がしました。同じ窓《まど》から子どもたちの遊んでいるのを見るにしても、今日からは自分たちの子の雪だるまがその中にまじっているのが愉快《ゆかい》でたまらないからです。それに、見ていると、かけくらべをしても、うちの雪だるまが一番《ばん》なのです。おじいさんが半日がかりでこしらえた赤い紐《ひも》のついた、小さいわら靴《ぐつ》をはいて、真白《まっしろ》な雪をけとばしながら走るありさまといったらありません。また雪投げをしても、人間《にんげん》の子どもたちの中で、うちの雪だるまにおよぶものは一人もないのです。おじいさんとおばあさんはそれを見て、どんなに鼻高いおもいをしたかしれません。

「うちの子はほんとうにえらいじゃありませんか。」とおばあさんはおじいさんにいいました。

「ああ、なかなかやるわい、あの小雪《こゆき》だるまは。」とおじいさんも満足《まんぞく》そうにいいました。

さて、また夕方になると、雪だるまは帰ってきて、氷の御飯を食べて、それからは前の晩《ばん》のように庭にでて踊《おど》りました。

「そんなにしちゃあ、おまえ疲《つか》れるじゃないか。」とおじいさんは心配《しんぱい》していいました。

「今夜《こんや》はおまえ家《うち》の中へ入っておやすみ、ね。」とおばあさんもいいました。「そんなに昼《ひる》も夜もじゃあ体がたまらないから。」

しかし、雪だるまはただ笑《わら》っているだけで、あいかわらず、「それでも、こうして、寒い日や、冷たい晩《ばん》には」の歌をうたいながら、寒い庭のほうへかけだしてゆきました。

そんなふうにして、冬中すぎました。雪だるまは毎日毎日朝から晩まで踊《おど》りとおしました。夜は庭で踊り、朝になると氷の御飯《ごはん》を食べ、昼間《ひるま》はおもてにでて近所の子どもたちと遊ぶというふうにして。そして、おじいさんやおばあさんのいいつけにもよくしたがいました。したがわなかったのは家の中で寝《ね》ないことだけでした。近所の子どもたちにもたいへん好かれました。

三

ある日のことでした。雪だるまは近所の子どもたちといっしょに森のおくのほうまで遊びにゆきましたが、やがて帰ろうというときに、雪だるまだけはもっと遊びたいといって、笑《わら》いながら森のおくのほうへとんでいきました。が、いくら待《ま》っても帰ってきません。そのうちに日《ひ》が暮《く》れかかってきましたので、ほかの子どもたちはしかたなく、雪だるまをほっといて、こわいので手をつなぎあいながら、村へ帰りました。

それからすこしおくれて、雪だるまはもとのところへ帰ってきましたが、友達はみな帰ってしまって、一人もいません。そこで、近くの木によじのぼって、あたりをながめてみましたが、やっぱりそれらしい姿《すがた》が見えません。寂《さび》しくなったので、

「おーい、おーい、みんなどこへ行ったんだよオ。」とどなりました。

その声を聞きつけたのは一匹《ぴき》の熊《くま》でした。熊はその太い足で雪をけりながら走ってきて、

「どうしたんだ、雪だるま君《くん》?」と木の上を見上げながらいいました。

「おお、熊さん、」と雪だるまはいいました。「どうしたんだって、友達にはぐれてしまったし、日が暮れてしまったし……」といいますと、

「じゃあ、おれが家《うち》まで送っていってやろう。」と熊はいいました。

「熊さん、ありがとう。」と雪だるまはいいました。「だけど、僕《ぼく》は君《きみ》がこわいんだ、食《く》われそうだもの。そのくらいなら、ほかの誰《だれ》かに送ってもらうよ。」

すると、熊はそのままどこかへいってしまいました。

ところが、熊《くま》がいなくなると、どこからか一匹《ぴき》の狼《おおかみ》がとんできて、木の下から雪だるまを見上げながら、

「どうしたんだい、そんなところに、いったい？」とたずねました。

「おお、狼さんかい？」と雪だるまはいいました。

「どうしたんだって、友達にはぐれるし、だんだん暗くなってくるし……」

「じゃあ、おれが送っていってやろうか。」と狼がいいました。

「だって、」と雪だるまは考《かんが》えながら、「おまえじゃあ、僕《ぼく》がきみがわるいよ、食《く》われそうだもの。それよりもっとほかの誰《だれ》かがいないかなア。」

するど、狼は帰ってしまいました。

そのあとへ今度《こんど》は狐《きつね》がやってきました。狐はやさしい声で、

「どうしてそんなところにいるんだい？」と雪だるまに聞きました。

「おお、狐さん、」と雪だるまはいいました。「どうしてったって、道に迷《まよ》って、友達にはぐれてしまったうえに、日《ひ》が暮《く》れたもんだから、困っているんだ。」

「じゃあ、俺《おれ》が送っていってあげようか。」と狐はいいました。

「ありがとう、」と雪だるまは考えながらいいました。「君《きみ》なら僕《ぼく》はこわくないからいいな。君なら、送っていってくれると、都合《つごう》がいいな。」

そこで、雪だるまは木の上からおりてきました。それから、狐《きつね》の背中《せなか》の長い毛につかまって、いっしょに暗い森の中を走りました。まもなく森のはづれに村の火が見えてきました。そして、やっとのことで、おじいさんおばあさんの家《うち》に着きました。

おじいさんとおばあさんとは、雪だるまの帰りがおそいので、たいへん心配していたものですから、雪だるまの顔を見ると、

「まあ、どうしたんだ?」

「どこまでいってたんだ?」と一度にたずねました。

「すみません。」と雪だるまはいいました。「親切な狐さんのおかげでやっと帰ってこられました。あ、そうそう、どうぞ犬を縛《しば》ってあげてください。狐さんがいっしょにきてくれてますから。」

おじいさんはいわれたとおり、犬を縛ってから、狐にむかって、「どうもごくろうさん。」とお礼をいいました。「そのかわり好《す》きなものを御馳走《ごちそう》してあげましょう。」

「それはありがとう、」と狐がいいました。「実《じつ》はたいへんお腹《なか》がすいてますから、さっそくよ

ばれます。」

「じゃあ、あの油揚《あぶらあげ》を御馳走《ごちそう》しましょうか。」とおばあさんがおじいさんにいいました。

「わたしは油揚よりも、いっそのことにわとりを一羽《わ》食べたいんですが、」と狐《きつね》はいいました。

「あなたがたのかわいい雪だるまが助かったのですから、にわとり一羽《わ》ぐらいくださってもいいでしょう。」

「もっともだ、ではそうしよう。」とおじいさんはいいました。

ところが、おばあさんにはそれがきゅうに惜《お》しくなったとみえて、おじいさんの耳のそばで、「おじいさん、もうこうして雪だるまは帰ってきたんでしょう。それににわとり一羽なんて、もったいないじゃありませんか?」

「それもそうだな。」

「それにはこうしたらいいでしょう。」とおばあさんはいって、いっそうちいさい声でなにかおじいさんに耳打《みみう》ちしました。おじいさんは合点合点《がってんがってん》をして、おくのほうへ入ってゆきましたが、やがて袋《ふくろ》を二つ持《も》ってでてきました。

実《じつ》はその袋の一つの方にはにわとりを入れて、もう一つのほうには、犬の中の一番強《ばんつよ》いやつを入れてあったのです。おじいさんはそこで狐《きつね》をおもてによびだして、その二つの袋《ふくろ》を渡《わた》しました。狐はもうお腹《なか》がぺこぺこになっていましたので、舌《した》なめずりをしながら、いそいそとできました。そして、大急ぎで一つの袋を開いて、中からでてきたにわとりを、逃《に》げないように片足《かたあし》でその翼《つばさ》をおさえておいて、もう一つの袋をもついでに開きました。すると、どうでしょう！　片方《かたほう》の袋《ふくろ》からは、にわとりと思いのほか、ぎらぎらとすごい目を光らした、強そうな犬がとびだしてきましたので、狐はびっくりして、片足でおさえていたにわとりもなにもほったらかしておいて、あわてて逃げていってしまいました。

「まあよかった。」とおじいさんとおばあさんはそれを見るといいました。「雪だるまも帰ってくるし、にわとりも失《うしな》わないですんだし……」

四

ところが、そのとき家《うち》の中にいた雪だるまがこんな歌《うた》をうたいだしました。

　おじいさん、おばあさん、
　僕《ぼく》はいやになりました。
　僕よりにわとりを惜《お》しむなんて。

僕《ぼく》はもう帰ります。

さよなら、おじいさん、おばあさん、
雲のむこうの母さんの
お家《うち》へ僕は帰ります。
さよなら、おじいさん、おばあさん。

それを聞くと、おじいさんとおばあさんとは大急ぎで家の中に走ってゆきました。するとどうでしょう。土間《どま》の左手のほうの、爐《いろり》の火のどんどんおこっているそばに、小さな水たまりができていて、そこにおばあさんがこしらえてやった雪だるまの赤い着物や、おじいさんがこしらえた赤い紐《ひも》のついたわら靴《ぐつ》がちょこなんと残《のこ》っているきりなのです。

けれども、おじいさんやおばあさんには、まだどこかそこらに雪だるまがかくれていそうな気がしてなりませんので、

「行かないでおくれ、行かないでおくれ。」と二人は声をあわしていいました。けれども、雪だるまはもう姿《すがた》は見えないで、ただどこかで笑《わら》いながら、こう歌っているのが聞こえました。

おじいさん、おばあさん、
僕《ぼく》はいやになりました。
僕よりにわとりを惜《お》しむなんて。
僕はもう溶《と》けて帰ります。
雲のむこうのお母さんの
お家のほうへ帰ります。

そのとき、庭のほうから吹《ふ》いてきた風で、入口の戸がばたんと開きました。と思うと、冷たい空気《くうき》がさっと部屋《へや》の中をとおるとともに、爐《いろり》のそばの水たまりも乾《かわ》いてしまいました。

さて、雪だるまはどこへいったのでしょう？　なんでもお父さんの雪と、お母さんの霜《しも》と、二人の手に抱《だ》かれて、おじいさんおばあさんの住んでいた北国《ほっこく》から、そのまた北のほうにある星《ほし》の国へといったという話です。その星は夏のあいだはずっと遠い、地平《ちへい》のそばのほうで光って見えますが、冬になるとわれわれの空の上に帰ってきて、ぎらぎらと輝《かがや》いています。

（おわり）

かいせつ　‖先生、ご両親へ‖

児童文芸雑誌「赤い鳥」は、大正七年七月（一九一八）に創刊され、昭和四年（一九二九）三月号をもって一時休刊。昭和六年一月号から復刊され、昭和十一年（一九三六）六月二十七日、主宰者《しゅさいしゃ》鈴木三重吉《すずきみえきち》の病没《びょうぼつ》によって、同年八月号をもって終刊。同年十月一日、その追悼号《ついとうごう》を出しました。月刊総数百九十六冊《さつ》。誌型は菊判。（ただし、昭和三年十二月号から翌年《よくねん》三月号まで四冊だけ四六倍判）初期は、百頁内外、後期は、百五十頁内外の頁数を持ちました。

創刊当時は、定価十八銭でしたが、大正八年十月号から二十銭になり、翌九年三月号から二十五銭、同年五月号から三十銭、大正十三年七月号から休刊まで四十銭、復刊号から終刊号まで三十銭、追悼号《ついとうごう》は、三百六十頁で一円の定価でした。

発行所は、創刊当時、東京府北豊島郡高田村三五五九番地。翌《よく》八年、東京市日本橋区箔《はく》屋町《やちょう》の汁粉屋《しるこや》の二階に、翌九年、前発行地に帰ったり、東京市牛込区市ヶ谷町、東京府下長崎村荒井、東京市日本橋区平松町加島銀行ビル内、東京市四谷区須賀町《すがちょう》と移りかわり、復刊以後は、東京府下西大久保四六一番地へ。昭和七年十二月号から同町名は、東京市淀《よど》橋区《ばしく》西大久保一丁目四六一番地と改称《かいしょう》されて、終刊号まで同所が発行所となりました。

表紙絵は、文展（現日展）画家の清水良雄《しみずよしお》が終刊号まで担当。休刊前ごろから、いくらか、文展画家の鈴木淳《すずきじゅん》、深沢省三《ふかざわしょうぞう》、童画家武井武雄《たけいたけお》の表紙絵がはさまれました。巻頭《かんとう》には、表紙絵と同じ画家の石版彩色口絵、また、山本鼎《やまもとかなえ》選になる児童の自由画の写真版口絵がのったこともあります。後にグラビヤ四頁の世界地理風俗の写真が出されました。

大正八年五月号から昭和八年四月号まで、毎号、成田為三《なりたためぞう》、山田耕作《やまだこうさく》、近衛秀麿《このえひでまろ》、草川《くさかわ》信《しん》、弘田竜太郎《ひろたりゅうたろう》などの作曲童謡を、あるいは、読者の応募《おうぼ》からの選曲譜を巻頭に掲載《けいさい》しました。成田為三作曲、西條八十《さいじょうやそ》の「かなりあ」は、その第一回めの発表です。

さし絵は、前記、清水、深沢、鈴木三画家が担当し、中期後からは川上四郎《かわかみしろう》、武井武雄、島田訥郎《しまだとつろう》、小笠原寛三《おがさわらかんぞう》、寺内万次郎《てらうちまんじろう》、前島《まえじま》とも子（松山とも子）が加わりました。（作家・詩人については「三年生」の「かいせつ」に記しましたので略します。）

創刊当初の編集には、小島政二郎《こじままさじろう》がよく主宰《しゅさい》三重吉に協力奮闘《ふんとう》され、以後、小野浩《おのひろし》、木《き》内高音《うちたかね》、松本篤造《まつもととくぞう》が休刊までつとめました。復刊からの編集にはこの本の編纂者《へんさんしゃ》のひとり与田準一《よだじゅんいち》がたずさわり、そのあとを終刊まで森三郎《もりさぶろう》が担当しました。また、平塚武二《ひらつかたけじ》と豊《とよ》田《だ》三郎《さぶろう》が復刊前後の準備に参加しました。

さて、この本のなかの「一ふさのぶどう」は大正九年八月号に発表された佳品で、有島《ありしま》武郎《たけお》の作は、「赤い鳥」ではこの一編しかありません。芥川龍之介《あくたがわりゅうのすけ》の「魔術《まじゅつ》」は、同年一月号に、中村星湖《なかむらせいこ》の「むじなの手」は、大正十二年二月号、小川未明《おがわみめい》の「あめチョコの天使」は同年三月号に、宮嶋資夫《みやじますけお》の「清造と沼」は、昭和三年一月号、相馬泰三《そうまたいぞう》の「休み日の算用数字」は、昭和二年三月号、伊藤貴麿《いとうたかまろ》の「水面亭の仙人」は、大正十二年六月号、豊島《とよしま》与志雄《よしお》の「手品師」は、同年四月号に、宇野浩二《うのこうじ》の「雪だるま」は、大正十四年二月号に発表されたもの。これらの作家は、小説家としても活躍しました。「祖母」の楠山正雄《くすやままさお》も演《えん》劇研究家《げきけんきゅうか》、翻訳家《ほんやくか》として高名、なかでも生涯をかけた世界と日本の古典・昔話の再話は、巌谷小波《いわやさざなみ》、鈴木三重吉におとらぬ業績とされています。

「赤い鳥」の編集者でもあった小島政二郎の「ふえ」は、大正八年十月号に発表されました。

この本の編纂者のひとり「木の下の宝」の坪田譲治《つぼたじょうじ》は、昭和二年六月号に「河童の話」を寄せて以来「赤い鳥」終刊まで毎月作品を発表しつづけ三重吉を助けました。また「海からきた卵」の塚原健二郎《つかはらけんじろう》は、それより早く、大正十五年八月号にはじめて童話を発表し、「赤い鳥」の常連となりました。

「海のむこう」の北原白秋《きたはらはくしゅう》は、三重吉の第一の協力者といわれたように、月に六編もの童謡を発表したこともあります。「月の中」の佐藤義美《さとうよしみ》、「こぶし」の巽聖歌《たつみせいか》は、「赤い鳥」から出て、童謡詩人として名をなしました。

「遠い景色」の与田準一は、この本の編纂者のひとりで、北原白秋と同じく福岡の出身です。「さざんかのかげ」の福井研介《ふくいけんすけ》は、ロシア児童文学の翻訳者として活躍、「ある日」の柴野民三《しばのたみぞう》も「赤い鳥」出身の児童文学作家です。

（編者）

付記・本巻では、読者対象を考慮し、現代かなづかいをもちい、漢字の使用も制限しました。また、本文には、今日では使用を控えている表記もありますが、作品の歴史的、文学的価値、書かれた時代背景を考慮し、原文どおりとしました。

赤い鳥の会
代　表・坪田譲治／与田準一／鈴木珊吉
編　集・柴野民三／清水たみ子

1980年2月

◇新装版学年別赤い鳥◇

赤い鳥5年生

2008年3月23日　新装版第1刷発行

編　　者・赤い鳥の会
発 行 者・小峰紀雄
発 行 所・株式会社**小峰書店**
〒162-0066 東京都新宿区市谷台町4-15
TEL 03-3357-3521　FAX 03-3357-1027
組　　版・株式会社タイプアンドたいぽ
本文印刷・株式会社厚徳社
表紙印刷・株式会社三秀舎
製　　本・小髙製本工業株式会社

NDC918 199p 22cm

ISBN978-4-338-23205-0　落丁・乱丁本はおとりかえいたします。
http://www.komineshoten.co.jp/　JASRAC 出 0800065-801